POÉSIES

DE

JEAN JOURNET,

AVEC UNE PRÉFACE.

> . . . .
> Dans un monde nouveau je me suis transporté,
> Salut, Reine des Cieux, Auguste Vérité !
> D'épines et de fleurs tu couronnas ma tête....
> Il suffit : j'ai tout vu, je vais tout publier ;
> Et, dans un saint transport, j'embouche la trompette
> De l'ange qui préside au jugement dernier.
>
> Jean JOURNET (*le Jugement*).

GENÈVE.

IMPRIMERIE CH.-L. SABOT, RUE DE RIVE, 10.

—

Mars 1853.

POÉSIES

DE

JEAN JOURNET,

AVEC UNE PRÉFACE.

> Dans un monde nouveau je me suis transporté,
> Salut, Reine des Cieux, Auguste Vérité !
> D'épines et de fleurs tu couronnas ma tête....
> Il suffit : j'ai tout vu, je vais tout publier ;
> Et, dans un saint transport, j'embouche la trompette
> De l'ange qui préside au jugement dernier.
>
> Jean JOURNET (*le Jugement*).

GENÈVE,

IMPRIMERIE CH.-L. SABOT, RUE DE RIVE.

—

Mars 1853.

PRÉFACE DE L'ÉDITEUR.

I.

La pensée de réunir et de publier les principales poésies de Jean Journet était déjà conçue en 1846. Nous l'eussions réalisée dès cette époque, si de très-graves pressentiments ne nous avaient imposé, — tout à la fois, dans l'intérêt du poète, et pour laisser aux faits le soin de mettre en évidence les vérités gouvernementales qui surgissaient de l'état de choses, — le devoir de différer cette publication sérieuse.

L'opportunité, si nécessaire en tout, est un moyen de succès qui devient inflexible, lorsqu'il s'agit d'un genre de travaux dont la direction et la portée, jointes à un incontestable cachet d'originalité supérieure, forment le plus absolu contraste avec les préoccupations dominantes. Sous l'influence prestigieuse des tournois de tribune, alors que de pauvres ambitions, pêle-mêle entassées dans une mesquine enceinte, se groupaient à l'envi, frémissantes d'espoir, autour d'une personnalité sans grandeur et sans but, quelle tête officielle en expectative, ou même en exercice, eût daigné prendre le loisir ou n'eut cru ridicule de prêter l'oreille aux prophétiques accords d'une voix inspirée?...

Le réveil foudroyant du 24 février, en conviant toute la masse aux aspirations d'un petit nombre, bien que favorable en apparence à l'appréciation raisonnée des poésies de Jean Journet, dut nous faire résister, quelques années encore, à des impatiences assez respectables, dans leurs causes, pour avoir plus d'une fois ému la fermeté de notre pensée. Si cette recrudescence de nos vieux entraînements, suivie coup sur coup de déceptions sans nombre, était une bonne aubaine pour le poète *utopiste*, en faisant éclater la vérité de ses inspirations les plus étranges, elle était aussi, par cela même, un obstacle réel à un succès immédiat. Moins l'enivrement du peuple était réfléchi, plus nombreuses devaient être ses illusions successives. Ne fallait-il donc pas laisser au nouveau souverain le temps de mieux estimer la majesté de son pouvoir?

Les poétiques illuminations de l'apôtre phalanstérien publiées, chacune avec sa date précise, gagneraient d'autant plus, indépendamment de leur valeur propre, en mérite d'à-propos et d'opportunité sociale, que le mécompte serait plus fort et le désillusionnement plus complet.

En politique, on ne peut être désillusionné qu'à la condition d'être irrévocablement affranchi du joug des coteries. La France serait bien débonnaire si elle n'en était pas arrivée là.

Cette édition nouvelle des œuvres de Jean Journet, bien qu'elle surpasse incomparablement en étendue les recueils déjà publiés par l'apôtre lui-même, est cependant loin de renfermer tout ce que sa verve a produit. Nous concevons qu'il est des situations, dans la vie, qui courbent la pensée sous de cruelles influences: c'est alors que, malgré toute la bonne foi du monde, l'individualisme peut s'insinuer dans les convictions les plus pures. Ici la sévérité de l'éditeur se trouvait dégagée de tout scrupule par les croyances du poète. Nous avons donc éliminé avec soin tout ce qui nous a paru trop se ressentir des perplexités douloureuses de la position de l'auteur.

Ces pièces d'ailleurs, à l'exception d'un petit nombre, sont visiblement dénuées, sous tous les rapports, de l'expressive énergie qui caractérise les autres.

Nous n'eussions point parlé de ce simple détail, qui semble ne toucher qu'à l'intérêt des poésies, s'il ne tirait une signification plus élevée de la circonstance exceptionnelle qui les a fait naître. Jean Journet n'est pas un poète silencieusement façonné dans la solitude de son âme. Il n'a pas, comme beaucoup d'autres, devenus par la suite des écrivains remarquables, passé de longues années à mesurer des hémistiches et à préparer la formule en attendant l'idée. C'est brusquement, par une intuition soudaine, à l'âge où la plupart des hommes, forcément absorbés par des soins de famille, abandonnent l'*idéal* pour des régions moins pures, qu'il a senti se développer en lui, avec une énergie qui subjugua sa volonté, le sentiment du rythme et de la parole cadencée.

Jusque-là rien de trop surprenant. Les annales de tous les peuples nous offrent, dans les spécialités diverses de l'activité humaine, l'histoire d'une foule d'organisations dont le hasard, un incident imprévu et parfois futile ont révélé le génie. Mais ce qu'on chercherait en vain chez ces mêmes peuples, dans l'ordre des faits purement naturels, c'est le phénomène d'un esprit inculte, faisant jaillir par flots éblouissants, comme l'antique sybille, sur son trépied mystérieux, une poésie dont le lyrisme étonne moins encore par la symétrie savante et la propriété des termes, toujours dociles à l'oreille, dans ses plus susceptibles exigences, que par la multiplicité des sentiments et des idées qui se pressent sans se confondre dans ces strophes grandioses. Il y a là certes une énigme qui a besoin d'être expliquée.

Nier le phénomène en niant la valeur des vers est une ressource de dénigrement qui n'aura plus cours désormais : l'édition présente met Jean Journet en mesure d'en appeler au discernement de ses véritables juges. Toutes ses productions sont ici classées par séries de groupes, généralement correspondantes aux époques ou aux situations qui les ont inspirées. Pour peu qu'elles donnent prise à leurs morsures, les Aristarques du poète auront ainsi beau jeu : Jean Journet se présente à eux la poitrine découverte ; et ses juges, en tête desquels se rangent naturellement ses nombreux souscripteurs, mesureront leur estime sur la portée des attaques.

Mais ces attaques, que nous appelons par un défi solennel, ne viendront pas, nous en sommes convaincu, réfuter l'affirmation que nous avons émise. Par la nature même de sa mission d'apôtre, Jean Journet échappe aux minuties des analyses passionnées. Il n'a qu'un seul ennemi redoutable, le silence; et cette arme est, jusqu'à ce jour, le seul moyen d'écrasement dont on ait usé contre ses vers. Ce genre d'hostilité ne pouvait ici partir que de corréligionnaires dont la prose quotidienne voyait une fâcheuse concurrence dans les poésies de l'apôtre. Pour tous les autres, au milieu des vaines préoccupations qui fascinaient les âmes, les plus hautes de ces poésies n'étaient logiquement que les rêves désordonnés d'un maniaque en délire.

Nous avons assez de confiance dans l'infaillibilité de l'intelligence humaine, quand la passion n'obscurcit pas la lucidité native de ses perceptions, pour espérer que ces derniers, grâce un peu sans doute à des péripéties inattendues, s'empresseront de corriger, par une lecture attentive, l'erreur pardonnable de leurs premières impressions. En se proclamant en face de tous humble disciple de Fourier, alors que presque tous voyaient dans l'œuvre de Fourier la plus extravagante débauche de pensée, Jean Journet, à leurs yeux, ne se frappait-il pas lui-même du coup mortel? Que pouvait être l'humble disciple d'un maître en démence?

Aujourd'hui, la découverte de Fourier, tacitement acceptée par ses plus fougueux détracteurs, se dégage chaque jour, malgré plus d'un zèle imprudent, des ombres impures qui interceptaient sa lumière. Elle apparaît aux consciences saines, ce qu'elle fût à coup sûr dans la pensée de l'inventeur, un procédé d'association qui, loin d'alarmer les intérêts légitimes, va jusqu'à respecter, dans ses applications positives, les opulences financières les moins noblement édifiées. Fourier veut, par degrés et avec une lenteur mesurée, introduire dans tous les ordres de relations sociales le règne de la justice et de la vérité. C'est là, nous en convenons, marcher tout à l'encontre des praticiens de l'époque.

Peut-être trouverait-on dans cette tendance, plus encore que dans les proportions accablantes de ses excentricités spéculatives, la cause secrète de l'anathème implacable dont certains *dynastiques* ont honoré le grand penseur.

Quant à ces excentricités elles-mêmes, les plus sceptiques seront bien forcés de reconnaître, s'ils ont l'âme sensible au charme des beaux vers, qu'une théorie dont les déductions les plus étranges vont remuer, dans les profondeurs d'une organisation sans culture, les cordes d'une harmonie si puissamment accentuée, doit recéler dans ses flancs des vérités plus lumineuses que la légende apocalyptique du dragon à sept têtes.

Il est clair, en effet, qu'une nature aussi simple, dépourvue, à quarante ans, de toute notion littéraire, au point de n'avoir pu jusque-là réussir à écrire correctement ni l'orthographe ni le français, se fût d'elle-même concentrée dans les bas-lieux de la théorie, si une attraction surhumaine n'eût enlevé sa pensée. Mais nous n'avons ici encore que la moitié du prodige.

S'élancer du premier bond dans la région des axiomes, concevoir immédiatement, par une aperception translueide, certains théorèmes mathématiques et leurs plus complexes corollaires, en produire la solution avec la rapidité de l'éclair, est une faculté du génie qui, toute miraculeuse qu'elle nous semble, ne franchit pas la limite des possibilités connues. A notre étonnement succède une admiration réfléchie, parce que nous savons que, pour les vérités de cet ordre, la langue se circonscrit dans un petit nombre de formules, qu'une intelligence même illettrée peut s'approprier sans effort [1].

Mais trouver de prime abord un magnifique langage pour exprimer des idées aussi neuves que profondes; allier la richesse à la plus exquise précision dans des séries de strophes qui se déroulent comme de resplendissants jets de flamme, lorsqu'on n'avait pu combiner, pendant trente ans de sa vie, six mois de prose qui n'eussent fait sourire le plus mince échappé d'une école primaire, c'est là une de ces apparitions phénoménales qui se placent loin du cadre des vulgaires conjectures.

La langue française, personne ne l'ignore, est, en poésie surtout, le plus difficile des idiômes. Sortie d'un épouvantable chaos, affreusement hérissée de consonnances barbares, que huit siècles, aidés des plus rares génies, ont à peine corrigées, elle n'obéit qu'en imposant des entraves sans nombre. Si Jean Journet se joue de ces entraves; si, pour lui, la langue est un miroir limpide qui reflète symétriquement toutes les proportions de

---

[1] Nous nous bornerons à citer, parmi de récents exemples, les deux jeunes pâtres Vito Mangiamele et Mondheux, en constatant que leur merveilleuse aptitude s'est à peu près perdue, sous l'empire de nos méthodes.

sa pensée, n'est-ce pas que, dégagé, par un élan surnaturel, des couches grossières qui gênaient son essor, son esprit, à ses heures de poétique ivresse, jouit pleinement de ce sixième sens qu'on appelle seconde vue? Nous justifierons doublement cette explication rationnelle qui a, pour nous, le caractère d'une irrécusable évidence, en ajoutant que les pièces les plus étonnantes du recueil, celles qui se distinguent au plus haut degré par la grandeur du fond et l'éclat pur de la forme, sont de véritables improvisations où la plume eut peine à suivre la vitesse de la pensée.

Cette particularité, sous tant de rapports incroyable, peut seule encore expliquer l'attitude contradictoire que l'apôtre a trop fréquemment prise vis-à-vis du poète. Autant le poète est lucide et fort dans les excentricités les plus imprévues de son génie inspiré, autant l'apôtre est souvent faible et peu prévoyant en face des difficultés du monde réel qu'il affronte. Pour avoir le mot complet de cette nouvelle énigme, il est nécessaire d'envisager les circonstances qui firent Jean Journet apôtre en même temps que poète, et de bien connaître les principales phases de sa vie accidentée.

Obligé, par le but même des poésies que nous publions, de rechercher toutes les causes qui ont influé sur elles, et ne voulant pas nous départir d'une impartialité absolue, il nous importe d'observer Jean Journet dans les diverses transformations de son aventureuse existence. Au milieu des débordements du plus âpre égoïsme qui ait encore infecté la civilisation européenne, il est d'un haut intérêt pour la philosophie de l'avenir de contempler la pression d'une société, qui se décompose, sur les mouvements d'une croyance énergique et naïve, surprise à la fois par le désillusionnement et la misère. Cet intérêt devient plus sérieux encore, lorsqu'on pense au gaspillage d'une vocation supérieure réduite, pour soutenir une famille au désespoir, à violenter déplorablement ses aptitudes les plus précieuses. De quels trésors de poésie, souverainement moralisatrice, une sensibilité si neuve, mise au service des convictions les plus hautes, n'aurait-elle pas enrichi nos annales littéraires, si la moindre providence gouvernementale eût été là pour seconder son premier essor?

Cet essor ne commence pour nous qu'au moment où l'âme de Jean Journet, exaltée par les mirages d'une éblouissante perspective, s'arrache, sous le coup d'une impulsion surhumaine, à l'association de famille, qui devait fixer son avenir. Jusque-là ses actes extérieurs, bien que marqués au coin d'une généreuse nature, ne sortent pas du cercle prosaïque et vulgaire où tourne, depuis soixante ans, comme un cheval dans son manége, une génération garottée par les préjugés d'un autre âge.

Ce n'est pas au contact de ces billevesées terre-à-terre que Jean Journet eût senti déborder de son cœur les torrents ignorés d'une poésie magnanime, et, si nous rappelons ici des faits qui précèdent de vingt ans l'apostolat du poëte, c'est moins pour démontrer aux personnes qui lui déniaient certain brevet, en 1848, que l'apôtre est leur aîné comme républicain de la veille; que pour modérer dans notre jugement personnel, par la mention obligée de circonstances curieuses, des réflexions qui, parfois, pourraient s'empreindre d'amertume, lorsqu'il s'agira d'interpréter des sorties apostoliques trop manifestement discordantes avec de hautes convictions.

Eh! comment, en face des événements de sa jeunesse, lui ferions-nous un crime d'avoir méconnu plus tard des exigences impérieuses? Quel tribunal constitué pouvait mander à sa barre cette virtualité sauvage qui ne relevait plus que d'elle-même? l'avait-on préparé, par une initiation régulière, à calculer ses efforts sur la nécessité des circonstances; et l'homme qui, livré sans contre-poids aux absorbantes séductions de la plus vaste des théories, se croyait naïvement appelé à convertir toute la terre, se fût-il préoccupé, pour éclairer ses semblables, des minuties d'une gradation dont il ignorait la valeur?

A cette action déjà suffisamment tyrannique, se mêlaient pour Jean Journet les souvenirs d'une enfance bercée, pour ainsi dire, au bruit des soulèvements de la volonté. — Son père, maire de Carcassonne, en 1795, homme d'un ardent républicanisme, tempéré par une extrême bienveillance, n'avait usé de son pouvoir, dans ces temps orageux, que pour couvrir de sa protection la faiblesse opprimée. Sous l'administration de cet homme de bien, il n'y eut à Carcassonne, disent les vieillards qui furent ses contemporains, ni sang versé, ni injustice commise. Entre autres obligés de cette austère droiture, M. d'Hautpoul, tour à tour ministre de la guerre et gouverneur-général de l'Algérie, sous la seconde *République*, se souvient sans doute encore que c'est à M. Journet père, qu'il doit le premier succès d'une fortune dont les accidents font contraste avec la vie de son protecteur. Mais cette bienveillance toute privée n'empêchait point le magistrat de s'associer avec bonne foi, dans ses proclamations, aux mesures décrétées par le gouvernement conventionnel, pour assurer, à la manière de l'époque, le salut du pays et des institutions républicaines.

On connaît toute l'énergie des impressions premières. Si Jean Journet, sous ce rapport, subit instantanément une métamorphose inattendue, il faut bien, en présence des sollicitations continuelles, exercées sur son esprit par les bases mêmes de sa croyance, que l'âme du carbonaro de 1821 ait rencontré, dans les hautes sphères de cette croyance suprême, une force modératrice supérieure aux plus indomptables passions. C'est ce que le simple récit de ses antécédents suffirait à prouver même aux personnes qu'ont fâcheusement prévenues les résultats connus d'une fusion malheureuse [1].

II.

Jean Journet naquit à Carcassonne, le *24 juin* 1799, dans cette cité-pépinière de cœurs intrépides, aux passions nobles, mais fougueuses, qui semble avoir eu le privilége, depuis 89, de fournir aux théoriciens de l'in-

---

[1] Parmi toutes les conceptions issues du chaos, l'idée, même provisoire, de *fusionner* la théorie de Fourier, tient sans contredit le premier rang.

surrection leurs plus dévoués sectateurs [1]. Sa famille aisée et fort honorable ne recula devant aucun sacrifice pour lui ménager le bienfait de ce qu'on appelle encore aujourd'hui une éducation libérale. Il fût mis au collége dès qu'il sut lire un peu couramment. Mais si son entrée fut hâtive dans le sanctuaire des belles-lettres, il fut loin, par le succès, de répondre aux espérances qui reposaient sur sa tête. Il laissa là la meilleure part, de ce que son maître de lecture lui avait enseigné et ne rapporta rien en échange. Il se traîna, dit-il lui-même, *sur les bancs universitaires*, pendant plusieurs années, épiant sans cesse l'occasion de s'enfuir, comme l'oiseau sequestré dans une cage odieuse.

Si ses professeurs vivent encore, ils peuvent attester qu'ils n'en tirèrent jamais ni le moindre devoir, ni la moindre leçon.

On remarquera ce point de conformité singulière entre le barde social et Victor Hugo, avec cette différence que l'illustre auteur des *Orientales* trouvait dans sa famille une direction et des secours qui autorisaient doublement ses antipathies, et que Jean Journet resta quarante ans sans songer à s'enquérir si la langue française avait des lois [2].

Des pronostics flatteurs si pauvrement couronnés por-

[1] Carcassonne est aussi, comme on sait, la patrie de Barbès.

[2] Il n'est pas sans à-propos de rappeler ici que celui de tous nos poëtes vivants, qui sut le mieux pénétrer le génie des anciens, avait simplement appris à lire. Béranger nous dit lui-même, avec une bonhomie charmante, que c'est au hasard, qui plaça sa jeunesse parmi les ouvriers d'une imprimerie, qu'il doit le bonheur de savoir l'orthographe.

tèrent la tristesse au cœur de la famille, et comme il fallait à toute force embrasser une carrière, le jeune Jean
Journet se rendit à Paris en 1817, pour y suivre un cours
d'études spéciales, en qualité d'élève pharmacien. Ce fut
là, que, docile aux exemples de son père et aux leçons
libérales du *Constitutionnel*, il se mit, dès les premiers
jours, en intime rapport avec les républicains et les car-
bonari. La *vente de Wasington* à laquelle il appartenait
fut découverte. En ce moment, l'insurrection espagnole
recrutant partout des volontaires à sa cause, Jean Journet partit, sur l'ordre de ses chefs, avec tout l'enthousiasme de ses fraîches illusions, pour aller grossir les
rangs des soldats de l'indépendance.

Il fit d'abord partie du corps des Piémontais, com-
mandé par Milans, et, quelque temps après, de la Com-
pagnie sacrée, sous la haute direction de Mina. Il eut pour
frères d'armes, dans cette légion d'élite, Frédéric Dégeor-
ges, Wisto, Bertrand, Guyez, Laroche, Armand Carrel,
Joubert et Gouesko, fils adoptif de Napoléon, et dont
le père commandait le 2me lanciers polonais. Gouesko,
Guyez, Wisto et Bertrand moururent dans les bras de
Journet, à l'affaire Lliers et Lliado. Fait lui-même pri-
sonnier, avec tout le corps de bataille, et renfermé dans
l'horrible Castillet, ancien palais inquisitorial, à Perpi-
gnan, il y subit près de deux annees de *carcere duro*,
plongé quelquefois dans l'ordure et la fange, dans un ca-
chot situé sous les fondations même de l'édifice, à plus
de quarante pieds au-dessous du sol.

Dans cet affreux précipice, vrai séjour des morts, son
cadran solaire, pour mesurer la marche du temps, était

le roulement sourd de la diligence, passant au-dessus de sa tête, à l'heure de minuit.

Il n'avait échappé à la peine capitale que parce qu'on l'avait pris au milieu des blessés de l'ambulance, exerçant, par nécessité fortuite, les fonctions d'aide-chirurgien.

Cette rude leçon fut le seul fruit que Jean Journet retira de sa belliqueuse propagande. S'il n'en revint pas plus avancé sur les conditions réelles du progrès des peuples, il y gagna du moins cette découverte utile que les chefs-directeurs des conspirations politiques[1], quelle que soit la couleur que leur intérêt préfère, trouvent toujours le moyen, en attendant le triomphe, de faire régler par des séides complaisants le compte rigoureux de leurs insuccès[2].

Ainsi moriginé par sa périlleuse expérience, il reprit avec des dispositions plus calmes le cours de ses études si brusquement interrompues. Il acheta quelque temps après une pharmacie, fit au gré de sa famille un mariage convenable, et, au bout de sept années d'exercice, comme pharmacien, il s'unit à ses frères, en qualité d'associé, pour l'exploitation combinée d'une usine importante.

Il est très-probable que Jean Journet, industriel et père de famille, en face des perspectives de fortune, que ses

---

[1] Toutes les conspirations dont la France fut le théâtre depuis la Révolution de 89, n'ont réellement été que des conspirations de coterie. C'est pour cela qu'elle est si bien gouvernée. On ne conspire pas dans l'ombre lorsqu'on a la conscience de servir les vrais intérêts de son pays.

[2] Vers cette même époque M. Thiers était aussi carbonaro.

frères persévérants ont déjà réalisées, eut terminé là l'épopée de ses tentatives chanceuses, si, par un de ces hasards qui révolutionnent les destinées, cet homme inculte mais d'une inflexible droiture, consacrant ses loisirs à des recherches instinctives, n'eût un jour jeté les yeux sur un livre extraordinaire, dont les premières pages le livrèrent, inexorablement et sans retour, aux extatiques recueillements d'une imagination vierge. Ce livre est le *Traité de l'Unité universelle* [1].

Dès ce moment, Jean Journet ne s'appartient plus. Regardant comme un crime de travailler pour une seule famille, alors que la grande famille humaine, représentée par la masse des populations laborieuses, croupissait sur tous les points du globe dévasté, dans les abîmes sans fond de l'ignorance et de la misère, il jette loin de lui Barême et ses supputations d'intérêts, court à Paris présenter à Ch. Fourier le tribut de sa respectueuse et profonde admiration; et, dans la certitude d'une réalisation imminente, saisi d'une ardeur vertigineuse, il commence à l'âge de 35 ans un cours pratique d'agriculture qui le met bientôt en état de figurer activement dans la première phalange. C'était le rêve caressé par l'honnête Jean Journet.

Si ce rêve a droit de faire sourire les praticiens qui, depuis 21 ans, tiennent la France emprisonnée dans le réseau ténébreux de leurs machinations, il prouve à coup

---

[1] Dans le cadre adopté par la pratique de Fourier, son premier titre : *Traité de l'association domestique agricole* était beaucoup plus vrai.

2

sûr que le candide rêveur, tout à l'opposé de ces grands hommes qui, maîtres du pouvoir, ne savent plus qu'en faire, ne se méprenait pas, dans une situation donnée, sur les vraies conditions d'une activité sérieuse.

Il était impossible que, dans ces dispositions nouvelles qui confiaient le sort de sa jeune famille aux hasards des éventualités les plus imprévues, Jean Journet, libre des soins égoïstes dont la pensée seule indignait son âme, ne rompît pas le pacte d'association sur lequel il avait d'abord assis ses plus chères espérances. Il recouvra son apport dans le capital social, prit à ferme aux environs de Toulouse, dans un des plus beaux sites du monde, un vaste château avec ses magnifiques dépendances et attendit, au milieu des nombreux hommes de peine dont il partageait les travaux en les dirigeant, que le signal, parti de la capitale de la France, lui offrit enfin le bonheur de jouer sa partie dans l'immense concert de la régénération universelle.

Nous ne retraçons pas ces épisodes de la vie de Jean Journet pour les intelligences corrompues ou infirmes, qui traitent sans cesse de folie toute détermination généreuse. Mais ceux qui auront suivi avec une attention grave les transformations logiques de cette nature primitive, se formeront une idée des insomnies et du désespoir qui durent agiter la couche de l'énergique croyant, quand des temporisations et des défaillances, dont son caractère résolu n'admettait pas les causes, lui firent croire que l'expérimentation bruyamment promise n'était qu'un leurre ou une tentative présomptueuse, au-dessus des forces qui en avaient pris la responsabilité solennelle. Il écrivit, supplia, poursuivit de ses plaintes tout ce qui lui parut avoir de l'influence; et convaincu enfin qu'en toute entreprise, l'homme d'action ne doit sûrement s'appuyer que sur lui-même, fort de sa foi et de son dévouement sans bornes, il prit, en ce siècle affaissé, la résolution doublement inouïe de renouveler les travaux des anciens apôtres.

Plus qu'aucun des disciples de son maître, Jean Journet avait des droits à cette initiative impétueuse. La nature l'avait doué d'une audace à toute épreuve; il n'était ni moins simple, ni moins ignorant de la science du jour que les sublimes fous qui l'avaient précédé dans la carrière; et, ce qu'aucun d'eux — pas même saint Marc, ni saint Paul, dont la culture faisait exception parmi les messagers du Rédempteur — n'a rencontré dans les intuitions de sa divine éloquence, c'était au milieu même de son exploitation agricole, en présence de ces riches campagnes, dont la fécondité prodigue, image somptueuse de la magnificence du créateur, trahissait un si désespérant contraste avec la chétive existence des travailleurs ses frères, qu'il improvisa, dans la fougue d'une colère sainte, la plus franche, et, sans contredit, l'une des plus admirables protestations que le sentiment de la justice et de la vérité ait jamais fulminé contre la sottise humaine. Cet iambe religieux, dont quelques journaux ont publié la première version mutilée, a pour titre ce simple mot: *Prier !* On le trouvera dans ce recueil tel qu'il a débordé du cœur de l'apôtre.

Plein de confiance dans une impulsion, dont il devait d'autant moins suspecter le caractère que, sans aucun usage de la langue, et, à plus forte raison, de l'art des vers, ces stances d'un rythme si vigoureux et d'une portée si profonde, il les avait senties s'échapper de sa bouche, comme les soudaines révélations d'un somnambulisme transcendant, il s'arrache sans faiblir aux étreintes d'une femme et de jeunes enfants, qu'il chérissait d'un amour extrême, et se dirige vers Paris, impatient de communiquer à ses co-réligionnaires le feu sacré dont sa poitrine était embrasée. A peine sorti de la diligence, qui l'a ramené sur le théâtre de ses premières illusions, il se précipite radieux dans les bureaux de la *Phalange*, organe hebdomadaire de la doctrine phalanstérienne ; et, dans le sentiment d'exaltation où l'a plongé le miracle de sa propre métamorphose, sûr désormais qu'il n'était point d'ignorance dont les rayons de la théorie ne pénétrassent les couches, il voit un futur apôtre jusque dans le concierge de la rédaction et l'embrasse, ainsi que tous les autres employés, avec les démonstrations multipliées de la plus fraternelle sympathie.

Ici commence la série de ces pérégrinations apostoliques, qui enveloppèrent successivement une partie de l'Europe et attirèrent à la doctrine de Ch. Fourier, grâce aux obsessions originales d'une constance qui grandissait sous l'outrage, un nombre incroyable de chaleureux adhérents.

C'est au retour d'une de ces missions courageuses que, plus que jamais séduit par les illusions qu'il avait déjà montrées dans les bureaux de la *Phalange*, il exagéra la candeur de sa foi jusqu'à frapper à la porte de M. Cousin, ce qui lui valut de la part du gouverneur de l'éclectisme cette curieuse épître que nous jugeons utile de faire connaître.

« Monsieur,

» Voici les écrits que vous m'avez adressés : ils ne
» m'ont pas converti à la doctrine de votre maître.

» L'enthousiasme naïf et désintéressé me touche, quel
» qu'en soit l'objet. Celui de vos amis et le vôtre s'égare
» dans une erreur profonde. Permettez-moi de vous le
» dire franchement : vous n'êtes pas arrivé à l'étude de
» ces redoutables problèmes avec des préparations suf-
» fisantes. J'ai souvent découragé de la métaphysique des
» personnes qui n'y apportaient pas les connaissances né-
» cessaires. Croyez-en ma vieille expérience : gardez vos
» sentiments, mais modérez-les. Il est impossible de lire
» l'ouvrage de M. Renaud, comme les articles de M. Con-
» siderant, sans regretter que des âmes aussi passionnées
» pour le bien épuisent leurs forces à la poursuite de
» semblables chimères. Vous ne semblez pas non plus
» vous douter qu'en parlant de la nécessité d'une *résur-*
» *rection sociale universelle* vous pouvez faire un mal
» immense, celui de dégoûter les hommes de leur condi-
» tion présente et de leur en faire chercher le remède
» dans des bouleversements sans fin, au lieu qu'un peu
» de bon sens, la résignation et le travail, l'ordre, l'esprit
» de suite, une énergie réglée, moins d'orgueil et plus de
» vraie sagesse soulageraient aisément leurs misères. Je
» m'arrête ; je crains de vous blesser quand je ne vou-
» drais que vous guérir. Vous citez souvent Béranger, le
» célèbre poète. Eh bien ! j'ai l'honneur de le connaître :

» consultez-le, il vous dira peut-être comme moi : tra-
» vaillez, ne rêvez pas, réglez votre cœur qui paraît ex-
» cellent, et quand vous souffrez, pensez non à une
» régénération sociale, mais à Dieu, j'entends au Dieu
» véritable, qui n'a pas fait l'homme seulement pour le
» bonheur, mais pour une fin tout autrement sublime.

» Pardon, Monsieur, de ma franchise; excusez-moi et
» croyez à mon plus sincère intérêt.

» V. COUSIN.

» Lundi 23 octobre 1843. »

Ayant parlé de cette sorte,
Le nouveau saint ferma sa porte.

Nous ne dirons pas à M. Cousin que, pour un métaphysicien de *vieille expérience,* sa missive est de nature à faire
compassion même à ses amis; nous ne lui dirons pas non
plus que Béranger, dont il invoque le témoignage, beaucoup meilleur métaphysicien que lui, bien qu'il n'ait pas
la prétention de l'être, pense à coup sûr, ainsi que Jean
Journet, que pour l'âme humaine le *bonheur,* dans sa
réalité philosophique et normale, implique l'existence de
l'ordre à son plus *sublime* degré de compréhension religieuse; ce qu'il serait à désirer que M. Cousin eût compris par les mots *fin sublime* qui, dans sa pensée, n'ont
manifestement aucun sens. Nous nous contenterons de
lui faire observer, ce qu'il sait du reste, — à propos des
craintes singulières que lui inspire la théorie de Fourier
— que ce sont précisément les seigneurs et maîtres dont

il est le complice et l'instrument qui, par le mécanisme d'un système que nous voyons, à l'heure qu'il est, fleurir dans toute sa gloire, perpétuent les révolutions et *les bouleversements sans fin.*

Un aphorisme nous enseigne qu'avant de parler de Dieu, il faut d'abord y croire.

Nous eussions laissé dans l'oubli cette petite anecdote, si la pauvre lettre qu'on vient de lire, vrai chef-d'œuvre d'ignorance repue, ne résumait pas, avec la scrupuleuse fidélité d'un daguerréotype, toute la science politique et gouvernementale [1] d'une coterie qui, depuis 21 ans, dirige comme nous voyons les destinées du pays.

Si les succès apostoliques de Jean Journet l'affermirent encore dans la simplicité de ses convictions, ils opérèrent en sens inverse sur la foi spéciale qui lui avait montré des géants dans les co-religionnaires dont il épousait la cause. Jean Journet ne continuait son apostolat que pour hâter, par le tribut de sa propagande particulière, le jour d'une réalisation qui était son idée fixe. En voyant le groupe directeur, qui résidait à Paris, reculer, à mesure que les éléments affluaient, le couronnement d'un rêve qui le faisait tressaillir comme le voyageur du désert à l'aspect du mirage, il vit tous les symptômes d'une trahison calculée dans des tergiversations qui n'étaient, hélas! que les étapes progressives d'une besogneuse impuissance.

Moins cultivé que les hommes qui, les premiers,

---

[1] Voir pour plus ample informé, la collection des petits livres de *la rue de Poitiers.*

avaient été dupes de leurs promesses téméraires, mais plus esclave, par cela même, des hautes exigences d'une cause qui surdominait les personnes, il ne put jamais parvenir à comprendre qu'il est des phases sociales qui dépriment les caractères, au point que l'amour-propre agit alors sur les âmes, en raison des éblouissements qui les ont entraînées. Il trouvait tout simple qu'une fois l'erreur avérée, on l'avouât ingénuement à la face du monde, et qu'on se mît soi-même à la recherche de celui qui devait introniser la félicité universelle.

Tandis qu'il raisonnait ainsi, dans l'isolement de son cœur, Jean Journet ne soupçonnait pas que la grande erreur de ses co-religionnaires avait été précisément celle qui l'égarait encore lui-même; et que s'ils différaient l'exécution d'une entreprise dont ils avaient tracé les plans avec une fébrile ardeur, c'est qu'ils reconnaissaient tout bas, dans le secret de leur pensée, qu'en acceptant la donnée pratique de leur maître, comme point de départ absolu d'une réalisation immédiate, leur inexpérience les avait acculés dans une impasse infranchissable.

Bien supérieurs, comme individualités intelligentes et comme talents, aux misérables coteries qui leur barraient le passage, mais jetés tout à coup, par leur présomption même, entre les rescifs, également funestes, d'un double écueil, ils se trouvaient ainsi poussés par leurs tendances contradictoires, dans l'alternative de précipiter leur chute, par une expérimentation fausse et prématurée, ou d'échouer plus tristement encore en subissant le joug d'une opposition dont ils méprisaient les chefs.

En optant pour cette dernière fortune, ils n'ont fait que

prouver aux hommes réfléchis, par leur avortement pro-
longé, après une étourdissante victoire, que les grands
problèmes de notre époque ne souffraient pas les restrictions.

Ces rectrictions, aussi graves qu'habilement voilées
dans les livres où Fourier a développé sa théorie, pour-
raient-elles frapper une intelligence primitive qui, res-
sentant l'horreur du sauvage pour toute disposition en-
tachée d'arbitraire, ne voyait rien de plus normal, pour
l'universalité des hommes du jour, que leur agrégation
instantanée dans les compartiments d'un phalanstère?
Assurément, le plus impossible des phénomènes eût été
que Jean Journet, rebelle à nos méthodes, au point d'i-
gnorer les principes de sa langue maternelle, acceptât la
nécessité d'une initiation laborieuse pour inculquer à
l'humanité le besoin d'un code social dont l'univers entier lui proclamait les lois. Encore moins était-il entraîné
à reconnaître que l'industrie humaine, dans sa marche
ascendante, formant une échelle multiple dont les degrés
se groupaient par séries corrélatives aux développements
de l'âme, il fallait à toute force, sous peine de déchéance,
que l'homme régularisât d'abord le genre de travaux qui
pesait sur tous les produits de son activité et sollicitait
le concours des facultés les plus hautes.

Ceci nous explique cette contradiction malheureuse,
dans les travaux d'une mission qui ne permettait pas les
défaillances, entre le poète jetant un coup d'œil supérieur
sur l'assemblage affreux des misères humaines, et l'apôtre
opposant une impatience vulgaire aux difficultés d'une
situation dont il devait prévoir toutes les phases. Une

singularité non moins contradictoire, qui trouve sa raison
d'être et sa justification dans la même cause, c'est ce
contraste offert par une nature de haut titre, imprimant
le sceau d'une perfection rare aux produits les plus élevés
de l'activité sociale, et n'apercevant pour prélude, à l'évolution qu'il désire, que le retour subit des hommes en masse
à la culture des industries qui marquent les premiers pas
de la civilisation, à l'aurore de sa carrière [1].

Cette antithèse, qui ne pouvait surgir que dans l'isolement exceptionnel d'une raison naïve, aveuglément sou-
mise aux prescriptions d'un principe, suffirait seule à nous
découvrir les bases du discernement qui régira les sociétés de l'avenir. Jean Journet se précipitant, par une
évolution passionnée, sur les plus infimes détails de l'industrie agricole, bien que dans une position de fortune et
doué de facultés qui le conviaient à des fonctions que nos
préjugés placent plus haut dans l'estime des hommes,
n'est-ce pas à tous les yeux la démonstration éclatante
que l'agriculture est le pivot des destins de l'humanité?

Mais cette révélation instinctive qui devait faire éclore,
dans une organisation neuve, une des plus originales facultés poétiques que la France ait vu naître, ne prouve
aucunement que les générations actuelles, encore moins
celles qu'une éducation vraie formera dans l'avenir, puis-

---

[1] N'oublions pas qu'en France surtout, l'immense majorité
se compose de cultivateurs et d'artisans. L'association enno-
blissant jusqu'aux plus infimes travaux, l'illusion de Jean
Journet était aussi naturelle que généreuse. Il n'oubliait
qu'un point : c'est que la simple croyance à cet ennoblisse-
ment dérivait d'une science aussi élevée que complexe;
science, il est vrai, facile pour qui cherche avec le cœur.

sent être appelées à déterminer, d'après le simple niveau de nos aptitudes agricoles, les rangs les plus élevés de la hiérarchie sociale. Les facultés humaines, dans leur essor respectif, aspirent à réaliser, suivant l'expression même de Fourier, qui n'exposa que le jeu des attractions primaires, une série puissancielle aux dimensions infinies, embrassant, synthèse souveraine, le clavier complet des développements de l'âme. Cette série, dont le terme final est la centralisation équilibrée de l'activité collective de toutes les sociétés du globe, a pour miroir essentiel, dans l'homme-individu, miroir correspondant à la capacité de chaque être, son maximum complet de virtualité, successivement acquise et régularisée.

Par un effet dérivant toujours de la cause relative que nous avons signalée, Jean Journet, emporté de prime-abord dans les sphères transcendantes de la théorie de son maître, et contemplant de ces hauteurs la petitesse ridicule des ambitions contemporaines, commettait à son insu la plus effrayante ellipse de pensée, et ne s'imaginait pas, sur la foi d'une parole qu'il respectait comme l'oracle de la vérité même, que les heureux du jour dussent hésiter une minute entre les misères du vieux monde et les splendeurs du nouveau. Pour lui, comme pour Fourier, comme pour toutes les intelligences simples que le grand géomètre a subjuguées, l'homme, une fois enveloppé par les dispositions mathématiques du milieu architectural et de l'industrie combinée, dépouillerait à l'instant ses volitions subversives et marcherait d'un pied sûr, guidé par l'attrait des plus ineffables jouissances, dans les voies de la justice et de la vérité, devenues soudain les voies du bonheur universel. De ces prémisses au *com-pelle intrare*, par le concours brutal de la force maté-rielle, la distance était si courte et si difficilement appré-ciable, qu'il ne faut pas s'étonner que des *Fouriéristes* l'aient franchie.

Nous verrons tout à l'heure comment les conclusions de cette donnée, qui motive l'épithète de mystificateur infligée à Fourier par un écrivain célèbre [1], conduisaient en pratique, par l'inflexibilité des conséquences, au sys-tème prêché par cet écrivain même et dont la théorie so-ciétaire est l'antithèse absolue.

Jean Journet avait le cœur trop large et les aspirations trop fraternelles pour qu'une semblable résultante eut effleuré sa pensée. Tout entier aux perspectives exal-tantes qui se succédaient devant son regard, comme les visions fantastiques d'un opéra gigantesque, son esprit percevait avec une clairvoyance spontanée tout ce que les sens peuvent saisir dans les grandes harmonies du monde sidéral, et jusque dans les phases les plus re-culées des périodes sociales heureuses décrites par son maître; il ne soupçonnait pas le moins du monde que l'homme put résister à la magie de ces fêtes; et, dans les extases intermittentes où il se voyait note active, au su-blime concert, il répandait son âme en poétiques images, étincelants souvenirs d'une réalité fugitive.

C'est à ce privilége de position morale, privilége uni-que dans les fastes littéraires, parce que rien ne res-semble, dans les conceptions du passé, à l'harmonieuse

[1] M. Proudhon.

précision de l'immense théorie, que Jean Journet est re-
devable dè ces chants substantiels, où l'expression fait
corps avec la pensée, et où l'idéal toujours net se dessine
si vivement dans la charpente de la phrase que le lecteur, captivé par la verité des tableaux, assiste avec le
poète aux grandes choses qu'il raconte.

Nous ne ferons pas ici des comparaisons qui, à la nécessité puérile, dans un sujet de cette nature, de mettre
des amours-propres individuels en scène, joindrait l'in-
convénient beaucoup plus grave de manquer de raison
d'être et conséquemment de justesse.

Entre des organisations naturellement brillantes dont
la richesse, décuplée par une savante culture, puise dans
les libres caprices d'une imagination sans règle les éléments divers qui fécondent leur génie, et une faculté
mystérieuse, énergiquement combattue par des organes
rebelles et ne trouvant la pleine possession d'elle-même
que sous l'opiniâtre action d'une foi toute puissante, il
n'y a place d'aucune manière pour les fantaisies du parallèle. Sans le mobile suprême qui électrisa son âme,
Jean Journet ne fut jamais sorti de la nombreuse catégorie des personnalités vulgaires: ce n'est pas lui qui se
fait, c'est sa croyance qui lui donne un rang à part, dans
la galerie des poètes contemporains. Béranger, le barde
éminemment populaire, n'a dû l'universalité de sa glorieuse influence qu'à la sobriété réfléchie, à l'à-propos
continu de ses inspirations. Avec une organisation poétique, moins luxuriante et moins large peut-être que
celle de Lamartine et de Victor Hugo, il les a dominés
20 ans, par la portée complexe de ses odes plébéiennes,

parce que, jusqu'en ses moindres saillies, une foi vive et profonde faisait vibrer sa lyre : la foi dans le droit du peuple et son prochain triomphe.

Les tendances actuelles des deux [1] grands poètes, dont la muse d'abord maîtrisée par l'inévitable influence des traditions de famille, *sema de fleurs et de diamants la rouille des vieux trônes*, en prouvant que tout homme supérieur doit être *auprès du peuple un envoyé de Dieu*, — fortifient le concert d'unanimes sympathies qui environnent Béranger, depuis 56 ans, et marqueront sa vraie place dans les jugements de l'avenir.

Ce qui assure aux poésies de Jean Journet, avec le rang que réclame leur titre caractériel, une durée positive auprès de ce même avenir, quelle que soit l'importance prévue des œuvres qu'engendrera la transfiguration sociale qui se prépare, c'est qu'indépendamment de l'inimitable franchise de son énergie d'apôtre, il règne dans ses vers une couleur de rythme et une originalité de facture, fruits heureux d'un concours de circonstances qui naissent une fois et ne se reproduisent plus. Jean Journet ferme, en poésie, par une initiative qui fait sa gloire, la triste période des réminiscences mortes, de l'aspiration vague et de l'incrédulité railleuse : il ouvre l'ère des nouvelles et fortes croyances.

------

[1] Quand nous écrivions ceci, le journal *le Pays* ne nous démentait pas encore. Ce démenti ne saurait enlever le passé si récent de M. de Lamartine.

III.

Le 18me siècle, en légant au 19me une tâche dont il avait agrandi le labeur, par la fougue même et les écarts de son impatience généreuse, avait trop gravement atteint, dans le cœur des hommes, la racine délicate du sentiment religieux, pour que cette tâche fût, dès le principe, envisagée dans ses nécessités les plus hautes. Ses habitudes de polémique et de négation irritante, et, ce qui devait entraîner des conséquences terribles, ses haines sans contre-poids pour des institutions cruelles, qu'il détruisait de fond en comble et ne remplaçait pas, avaient semé les ferments d'une perturbation profonde. Soixante ans de révolutions et de guerres fabuleuses, sans que les vraies solutions sociales aient avancé d'un seul pas, ont été le produit amer de nos fatales méprises, signes certains, pour les uns, du progrès continu, et, pour les autres, plus réfléchis, d'une rétrogadation désastreuse.

De ces méprises, qui pouvaient être supprimées de nos annales sans que la France vît amoindrir ses glorieuses destinées, sortirent les éléments d'une littérature de passage, fille des aspirations que nos catastrophes refoulaient, et qui, resserrée entre les confins de deux mondes, dut recueillir les empreintes de leur alternative influence. Puisant à pleines mains dans les ruines accumulées et fouillant le cadavre social jusqu'au fond des entrailles, cette littérature, dont l'expression saillante se résume, sous ses aspects philosophiques et moraux, dans les œuvres de Balzac, Georges Sand, Eugène Süe[1], et qui emprunte à Lamartine et à Victor Hugo[2] les traits les plus élevés de sa physionomie poétique, étale au grand jour toutes les pourritures qu'un manteau d'or et de soie recouvrit pendant vingt siècles; et, tandis qu'elle insinue dans les âmes le dégoût du présent et l'horreur du passé, laisse parfois entrevoir, comme un crépuscule, à travers la nuit de ses sombres peintures, les horizons voilés d'un splendide avenir.

[1] Le retard obligé de cette édition nous permet heureusement de mentionner, *ici*, un livre nouveau : *la Case de l'Oncle Tom, ou vie des noirs au sud des Etats-Unis,* destiné à frapper de mort une institution infâme.

L'auteur de ce livre, Mme Harriet Beecher Stowe se place d'un seul coup par la largeur du sentiment et l'élévation de la pensée au niveau, sinon au-dessus de ses devanciers les plus illustres et les plus justement populaires. Jamais cri plus profond et plus déchirant contre les monstruosités de l'esclavage, n'était sorti des entrailles de la nature humaine. Cette œuvre, comme les *Mystères de Paris*, etc., ne pouvait être conçue et composée sans doute qu'au milieu et par un témoin habituel des scènes navrantes dont elle retrace le tableau ; mais, ce qui lui donne une originalité tout exceptionnelle, ne pouvait jaillir que de l'âme d'une mère, femme d'un grand cœur et d'un grand esprit, guidé par la foi la plus ferme et la plus généreuse.

Une telle production est véritablement hors ligne, et non-seulement honore le sexe de l'auteur, mais relève encore la patrie qui donna le jour à Franklin et à Washington.

[2] A cette famille se rattache, comme éclatant précurseur, le poëte anglais lord Byron, qui, lui-même issu de Chateaubriant pour la forme, développa toute la fougue de son génie sauvage au contact de notre 18me siècle et des forces indomptables de la révolution française.

Il est facile de voir que, débordé, malgré sa fécondité prodigieuse, par les mouvements d'une société dévorée de besoins, ce rejeton, saturé d'un immobilisme aux abois, qui depuis 1850 s'agite dans une impasse, eût noblement transformé les produits de sa sève sans le pusillanime point d'arrêt qu'un trop belliqueux général[1] appelait justement, mais dans un autre sens, la continuation *d'une halte dans la boue.*

Les poëtes, comme les masses, ont besoin d'une croyance. Sans cette condition impérieuse, le talent que sollicitent de puissantes amorces pourra bien étonner par la multiplicité des conceptions, et, grâce à nos progrès dans les sciences naturelles, enrichir l'idiôme, instrument de sa pensée, d'une foule de tours, d'expressions et d'images, inconnus aux écrivains qui ont fixé son génie. Mais cette perfection relative, ajoutée successivement à la richesse de la forme, outre qu'elle est parallèle à une compensation fâcheuse par l'insignifiance et la pauvreté progressives du fond, dut amener à la longue, par une conséquence forcée, comme déjà la Grèce et Rome en avaient offert l'exemple, de notables dégradations dans la langue du grand siècle. Toutes les croyances politiques et religieuses du passé n'existant plus, depuis 89, qu'à l'état de souvenirs, pour dissimuler cette lacune et raviver des illusions tombées, il a bien fallu recourir au cliquetis de la phrase, à la magie des hyperboles et des amplifications pompeuses. Ainsi, le genre descriptif, si

---

[1] Le général Lamarque qui, secondé par M. Mauguin, ne voulait que mettre le feu aux quatre coins de l'Europe.

plaisamment raillé par Horace et Boileau, reparut avec un cortége dont les malicieux satiriques ne soupçonnaient pas l'exubérance. Epopée, tragédie, roman, histoire même, tout ce qui fut exécuté sous la pression des mêmes causes, portent la visible empreinte des séductions du fléau.

Eh! qu'eût-on mis pour suppléer à la stérilité des circonstances? Ces vieilles légendes, évoquées de leurs tombeaux, ont, à leurs époques de jeunesse et de vie, inspiré des chefs-d'œuvre que le génie a marqués de son originalité puissante; elles sont aujourd'hui muettes comme les ossements des catacombes. Voltaire, en effleurant le passé du souffle terrible de sa moquerie, n'a laissé debout qu'une enseigne funèbre. Il n'est plus resté, pour ses successeurs, dans la carrière du doute agissant dont il épuisa toute la mine par son parcours universel, que le néant de l'âme et le dégoût de la vie; et, comme sinistres corollaires de cette maladie formidable, le culte de la matière et les bouleversements sans fin.

Ces bouleversements, dont le mélodrame sombre remue, à l'heure qu'il est, toute la surface de l'Europe, et dont les scènes, amoureusement développées, pouvaient se prolonger vingt siècles encore, sont les matériaux supplémentaires de l'alchimie politique et sociale qui, nulle en face de l'humanité vivante, travaille depuis soixante ans à galvaniser des cadavres. Chez les ouvriers sortis de ce fiévreux laboratoire, publicistes, historiens, romanciers et poètes, il serait donc superflu d'espérer, — sauf les cas exceptionnels de plus en plus rares, — autre chose qu'une prolixité vive et nerveuse, un amalgame tourmenté de peintures, ingénieuse, mais regrettable parodie de ces purs et vigoureux modèles de l'antiquité savante, dont l'exquise concision fait les délices du monde.

Si Jean Journet, dans sa sobriété forte, en face des enivrants tableaux d'une vision infinie, se montre inaccessible aux vains jeux de la phrase; si, jusque dans ses plus faibles jets, sa pensée, toujours judicieuse, dédaigne le choc des mots et les ornements recherchés, ceci n'est point l'effet d'une insuffisance littéraire qu'une étude même tardive eût à peu près corrigée. Il faut moins encore imputer le phénomène aux soigneuses précautions d'une individualité, jalouse d'éviter l'écueil ridicule où menace de se briser toute la littérature contemporaine. Par une de ces particularités hors ligne, apanage exclusif des convictions sûres, précipité sans transition aucune au milieu d'un immense royaume dont les plaines et les coteaux sont d'une richesse éblouissante, où les maisons sont des palais et les palais des cités merveilleuses, il n'a garde de s'amuser à *promener* son lecteur de site en site et de *terrasse en terrasse:* les minutes sont trop précieuses pour l'impatient apôtre. Le nouveau monde est découvert; le poète en a touché les réalités substantielles; il faut vite indiquer la route pour que l'humanité s'y élance.

De là, dans les belles compositions de Jean Journet, cette synthèse perpétuelle, à la fois si concise et si lumineuse, ces axiômes condensés, d'autant plus sûrs de leur empreinte que la période les reflète avec une symétrie saisissante; et ce qui achève ici l'originalité du contraste, cette variété d'impressions, en apparence contraires, qui s'harmonisent invinciblement dans l'unité de l'ensemble.

C'est que l'esprit du poète, incessamment fixé sur la résultante absolue de la théorie qui le maîtrise, laisse toujours de côté, dans son intuition nette, les aperçus vagues et les épisodes secondaires. Chez lui, l'expression et la pensée sont en parfait équilibre, parce qu'elles sont coexistantes; et que l'idée, toujours claire et précise, parce qu'elle est mathématique dans le cerveau du poète, appelle et trouve immédiatement, par une attraction mystérieuse, une formule mathématique pour se produire au dehors.

Que ce mot de *mathématique* n'effarouche pas l'oreille! Assez longtemps de prétendus hommes d'Etat, promoteurs éhontés d'inintelligibles rêveries, ont assigné le vague pour domaine à l'imagination des poètes. Chez toutes les nations du monde, chez celles-là surtout qui ont déposé dans l'histoire les plus utiles conceptions du génie politique, les philosophes sérieux ont porté le nom de voyants : *poète* et *prophète* étaient synonimes. Les premiers législateurs de l'antiquité, ceux qui ont jeté les bases de ces institutions fortes où le peuple romain, qui a tout emprunté, est allé prendre jusqu'aux éléments de sa trop fameuse loi des douze tables, ces premiers législateurs ont été des poètes.

Il semblerait, à entendre les nouveaux sages, qu'en dotant l'homme des plus belles facultés du génie, le créateur lui ait fait un présent futile. Les masses plus justes et plus vraies, dans leurs vives impressions, vengent largement les poètes de ces dédains intéressés : elles ont les gémonies et l'oubli pour les charlatans qui les trompent [1],

[1] Ces charlatans ont une autorité, le *divin* Platon qui, non

et un culte immortel pour les sublimes devins qui ravivent leurs espérances en les consolant de leurs misères.

Nous sommes aujourd'hui loin, il est vrai, — grâce aux corrupteurs de la raison publique, — de ces époques graves et religieusement littéraires, où la poésie, toujours inspirée par les plus hauts mobiles de la volonté humaine, ne sacrifiait jamais à des préoccupations basses les devoirs imposants de sa mission divine. Les poètes, par l'envahissement graduel d'une confusion sociale qui a franchi toutes les bornes, se sont eux-mêmes, de chute en chute, emprisonnés dans le cercle d'une spécialité abrutissante. Ils n'ont plus auprès d'eux qu'une seule muse : l'égoïsme individuel ou la *fantaisie* [1].

Les anciens qui, dans toutes les manifestations nobles de la vie sociale, ont été nos modèles et sont restés nos maîtres, comprenaient sous le nom général de *musique* l'ensemble des principes qui gouvernaient l'universalité du domaine de leurs beaux-arts, y compris la danse et l'arithmétique [2], ou science abstraite du calcul et des nombres. Par une attribution correspondante à cette synthèse expressive, qui dévoile toute la profondeur de leur

content de prostituer les femmes, chassait encore les poètes de *sa république*, sans doute parce qu'il leur devait le seul avantage solide qui recommande les qualités de sa prose.

[1] Cette muse n'est pas celle de quelques poètes, enfants du peuple, tels que le fabuliste Lachambaudie et, dans un genre plus libre, Savinien Lapointe, Poncy, etc., dont les yeux éclairés par une vague et douce lumière, sont résolument tournés vers un nouveau monde.

[2] Nous substituons ce mot, qui est le vrai, à celui de *mathématique* dont on abuse. La MATHÉMATIQUE n'est pas une ou plusieurs parties de la science : c'est la science des sciences.

sagacité divinatoire, la plus complète et la plus vraie de leurs conceptions théogoniques, Apollon, chef des neuf muses, était à la fois dieu de l'harmonie et dieu de la lumière. Auprès de ce souverain ordonnateur de la pensée créatrice, leur Jupiter-tonnant, armé de sa foudre, n'est en réalité que le roi du chaos [1].

Pour ces hommes vraiment sages, qui ne concevaient aucune théorie qui ne fut pas pratique, le mot *mousikôs* exprimait invariablement, au sujet de l'acte produit, l'idée sévère de régularité, d'exactitude absolue ou de perfection. Si leur poésie, leur statuaire, leur architecture [2]

[1] Cette attribution subversive, déjà symbolisée par un *emblème* qui, bien mieux que le vautour, *se fait un arrondissement de carnage* (ingénieuse image de M. Thiers dans son *petit livre*, intitulé : *la Propriété*), résulte plus clairement encore du supplice de Prométhée, si admirablement mis en scène par le poète Eschyle. Il faut lire, dans l'original, cette prodigieuse peinture du génie rédempteur, aux prises avec toutes les brutales fureurs de la tyrannie. Ce n'est pas là de la poésie d'*amateur* : Eschyle fut un des plus intrépides citoyens combattants, à cette fameuse bataille de Marathon qui sauva la Grèce du joug des barbares d'Asie. Le nombre de chaînes et d'instruments de tortures trouvés, après la victoire, dans le camp des généraux du *grand Roi* (le roi de Perse), témoignait éloquemment quel était ce joug réservé à la patrie des arts. Cynégyre, si célèbre, par son courage et sa mort, dans cette même bataille, était frère d'Eschyle. Le poète ne fut pas moins vaillant à la bataille de Salamine. — On sait qu'un certain roi de Perse, du nom de Cosroës, au temps du Bas-Empire, pour mieux représenter le dieu, dont il se montrait l'émule, avait dans son palais une machine à son usage, dont le mécanisme imitait, à s'y méprendre, le feu des éclairs et le bruit de la foudre. A cette époque le canon n'était pas encore inventé.

[2] Il ne nous reste malheureusement de l'antiquité que des peintures à fresque ; mais nous savons que ses peintres étaient à la hauteur de ses statuaires.

sont, dans leurs restes mutilés, des modèles triomphants qui survivent, depuis 25 siècles, à toutes les vicissitudes de la sociabilité humaine, c'est que, pensée-mère et enveloppe plastique, tout y est combiné avec tant de grâce et se fond si harmonieusement dans l'unité de l'ensemble, qu'on s'aperçoit au premier coup d'œil que ces divines créations du génie antique sont, dans un milieu social donné, la résultante précise d'une équation vraie, mathématiquement calculée sur les exigences de l'âme. N'en sommes-nous pas encore réduits à dire, lorsqu'il s'agit, non-seulement d'une œuvre d'art, mais d'un simple mouvement de liberté morale, empreint de grandeur et de régularité harmonieuse : *c'est beau comme l'antique !* pourquoi ce retour en arrière et cette assimilation rétrospective ? il faut bien que nos annales modernes soient pauvres d'elles-mêmes en objets de comparaison : irions-nous donc chercher si loin nos types absolus de perfection idéale ?

Oui, malgré tout le fracas de nos *perfectibilités* indéfiniment croissantes, nos annales sont pauvres en objets de comparaison. Toutes nos élucubrations sur le progrès continu, très-positives et généralement exactes, lorsque, parcourant le domaine des sciences fixes, elles en mesurent les accroissements, depuis le 15me siècle, tombent aussitôt dans l'erreur et la divagation, lorsqu'elles s'obstinent à voir, dans la moralité sociale, une ascendance corrélative à ces acquisitions glorieuses. Conclure que le guide est plein de santé, parce que l'attelage est fort et peut fournir une longue carrière, est d'une logique aussi rigoureuse que de compter les fausses routes et les catastrophes de ce guide, comme des étapes régulières sur le chemin du progrès. C'est tout uniment prendre la course folle et désastreuse du téméraire Phaëton pour la marche ferme et réglée du soleil lui-même.

S'il est une époque, dans les fastes du monde, où ce mythe frappant trouve une application lamentable, c'est bien le siècle étrange qui, muni du plus admirable et du plus fécond mobilier scientifique qu'aucun âge antérieur ait jamais possédé, s'évertue depuis soixante ans à relever, comme nouveau phare de l'humanité grandie, les brandons incendiaires qui ont porté le ravage dans les périodes de son enfance. Après vingt civilisations successivement disparues, après tant de découvertes précieuses englouties dans leurs ruines [1] et dont le secret perdu ne se retrouvera plus peut-être, on est mal venu de s'appuyer sur des richesses conquises, en dépit même des bouleversements issus des *sciences morales* dont on nous vante le progrès, pour nous dire que ce globe et l'humanité qui l'habite n'ont pas eu de point d'arrêt dans

[1] On a dit avec raison que la meilleure part de nos découvertes et inventions était *des réchauffés de l'antiquité*. Ce mot s'applique même à nos acquisitions les plus glorieuses. Bien des gens ignorent que le savant moderne qui, le premier, détermina les vraies lois du système du monde, Copernic, devancier de Galilée, de Keppler et de Newton, remit tout simplement en lumière les calculs astronomiques des anciens philosophes grecs, entr'autres de Philolaüs, disciple de Pythagore. Ces philosophes croyaient fermement à la pluralité des univers. Dès avant Socrate, la décadence des caractères fit reléguer dans l'ombre ces spéculations transcendantes. Ce fut bien pis dans la suite. On connaît cet entretien célèbre où Alexandre versa des larmes, en entendant démontrer, pour la première fois, que la terre qu'il n'avait pas même conquise

leur phase ascendante. En ce temps d'inquiétude et d'universelle impatience, toutes ces prétendues synthèses de l'histoire, dépourvues de base intégrale et d'*à priori* mathématique, ont juste la valeur des graves théories rencontrées par Gulliver chez les habitants de Lilliput. Ces pénibles échafaudages pouvaient sembler grandioses, lorsqu'il n'était pas encore rigoureusement démontré que notre planète forme groupe dans la série des mondes et que, rouage compté de la mécanique céleste, elle a sa partition réglée dans l'harmonie des univers. Sous le coup des fléaux qui, chaque jour, nous accablent, on aurait peu de mérite à juger qu'elle ne suit pas la mesure.

De ce qu'après une adolescence maladive, un homme s'est développé en taille et en vigueur, faut-il en conclure que sa maladie fut dans l'ordre et que tous les individus de son espèce, par une loi nécessaire, sont condamnés à subir ces infirmités transitoires? Autant vaudrait nous faire entendre que tous les êtres se ressemblent, qu'ils ont les mêmes aptitudes et doivent mourir au même âge.

Nous concevons qu'une telle loi, si elle pouvait fleurir,

n'était qu'un globule imperceptible, parmi les mondes habités. Les Romains d'une ignorance plus profonde, *bien que* venus après lui, n'étaient pas si sensibles et n'en cherchaient pas si long. A leurs yeux, le soleil était un disque de feu, ayant tout au plus trois mètres de circonférence. — La nation juive et le moyen-âge avaient la même idée. Qu'est-ce que cela prouve? La mythologie grecque, ingénieuse création des poètes, ces traducteurs inspirés des légendes populaires, ne prouve pas davantage. Est-ce que les lettrés ou mandarins de la Chine ont jamais partagé les superstitions des bonzes?

rendrait la besogne facile à certaine école de niveleurs. Malheureusement, depuis l'origine du monde, il n'est aucune combinaison législative qui soit plus énergiquement repoussée par la nature entière.

Les caractères pivotaux de la civilisation, chez tout peuple arrivé à l'apogée de cette période, quelle que soit la force des éléments dont ce peuple dispose, sont si saillants et si peu difficiles à reconnaître qu'il n'est aucun esprit, même vulgaire, qui ne puisse les distinguer, au premier coup-d'œil, les classer selon leur importance et en déterminer la progression. Tout peuple parvenu à cette phase décisive que résument la PERFECTION DES TRAVAUX DE LA PENSÉE, LA SCIENCE NAUTIQUE ET LA GRANDE INDUSTRIE, est tenu d'atteindre l'échelon d'une période supérieure, sous peine de se dissoudre par une corruption rapide, d'allumer les convoitises des peuplades barbares et de périr misérablement dans une convulsive agonie. Sans parler des autres nations fameuses dont les débris nous émeuvent encore de stupéfaction et de terreur, la Grèce, sous Solon et sous Périclès [1], avait touché

[1] Pour mieux pénétrer les causes de cet énorme retard, il faut savoir que, bien longtemps avant cette époque, la Chine, sans aucun rapport de communication avec le monde connu, recélait dans son sein les plus riches éléments de transformation sociale. Plus de deux mille ans avant notre ère, la Chine était en possession des trophées scientifiques dont nous sommes les plus fiers, tels que l'imprimerie, la poudre à canon, la boussole, et mille autres inventions, dont les missionnaires et une foule de voyageurs ont donné la nomenclature. Les plus grandes vérités générales, concentrées dans la découverte de Fourier, sont aperçues avec une lucidité merveilleuse dans les écrits, entr'autres la *Physique* de Confucius qui, vi-

ce degré de splendeur souveraine, qui, en révélant à l'homme toute l'étendue de son pouvoir, lui désigne à quels titres son activité industrieuse a droit de s'arroger le gouvernement du monde.

Ce qui prouve à quel point une éducation incohérente peut dépraver le bon sens des générations, c'est que loin de porter leurs regards vers ces lumineux horizons de la sociabilité des Hellènes, tous les publicistes qui, depuis 89, écrivirent sur les destinées de la civilisation française, ont adopté, sauf un bien petit nombre, pour boussole permanente de leurs conclusions, les tendances destruc-

siblement, comme il l'atteste lui-même, avait tout reçu de quelque Socrate antérieur (*Plum*).

On y trouve aussi le mot *coaction*, déclamé dans le vide, avec tant d'emphase, sous la monarchie de M. Thiers, en 1840, au grand ébahissement des journaux railleurs.

Auprès de ce *chef d'école* chinois, Platon et Aristote ne sont que des barbares. Que sera-ce de leurs successeurs?...

Depuis plus de quatre mille ans, la Chine fourmille de gradés, *bacheliers, licenciés, docteurs, agrégés* de toute espèce; et, depuis plus de quatre mille ans, *malgré* cette innombrable armée savante, la société chinoise est la plus immobile, la plus lâche et la plus corrompue de toutes les sociétés du globe.

Entre les mille preuves qui justifient cette triple flétrissure, signalons comme fait hideusement révélateur, que Kamoüy, résidence des mandarins, est de toutes les villes chinoises la seule où, dès l'antiquité la plus haute, l'infanticide, sur les nouveaux nés du sexe féminin, soit, non simplement permis, comme dans les autres parties de l'empire, mais ouvertement encouragé. Tous les voyageurs ont reculé d'épouvante à la vue des *mystères de la fosse maudite*, où l'on précipitait (comme les chats dans nos rivières), à peine dissimulées dans leur funèbre enveloppe, les infortunées petites créatures.

tives de cette association de ravageurs, de ce vampire social qui, sous le nom de république et d'empire romain, suça pendant plus de dix siècles, le sang et les sueurs de toutes les nations de la terre. Cette marche armée de tout un peuple, qui s'avance comme un seul homme à l'asservissement du genre humain, qui prend tout, corrompt tout, consomme tout, sans rien inventer lui-même que de nouveaux fers et des raffinements barbares, pour meubler l'arsenal de la tyrannie, est-ce en effet autre chose qu'un effroyable épisode de cette fureur guerrière qui poussa la Grèce à tourner contre elle-même toute l'énergie active de ses facultés si puissantes, arrachées aux pacifiques travaux et rendues agressives par les fatales invasions des souverains de l'Asie? N'est-ce pas beaucoup moins Philippe de Macédoine que Thémistocle et Périclès [1] qui ont engendré Alexandre?

La croyance au progrès et aux grandes destinées de la nation française est une disposition excellente, sans doute; mais qui devient stérile et, au plus haut degré dangereuse si l'intelligence, au préalable, n'a pas marqué son itinéraire et son but suprême. De ce qu'il est vrai que tous les chemins conduisent à Rome, est-il permis d'en inférer que la science géographique n'a pas dû, pour chaque peuple et pour chaque province, préciser la voie la plus sûre et la plus régulière?

Il est des vérités d'ordre supérieur que les dissertations d'une ingénieuse éloquence peuvent bien dissimuler, mais non pas détruire.

---

[1] Périclès était un trop grand homme pour aimer la guerre. On sait comment il fut entraîné.

Du jour où l'antique civilisation surprise s'est laissé dominer par les hommes de guerre, c'en a été fait de son progrès ultérieur dans la carrière normale des développements sociaux : l'intelligence courba la tête sous le plus odieux des vasselages; et le monde habité par cette reine déchue se transmettant comme un fief aux héritiers de la conquête, 2,500 ans d'immobilisme n'ont pas encore achevé son expiation douloureuse.

S'il était besoin, pour compter ses blessures, d'interroger ses produits, pendant ce long intervalle, il nous suffirait de comparer, d'après le type idéal conçu par la pensée, nous ne dirons pas la beauté des idiômes, — la dégradation progressive est ici trop saillante, — mais les œuvres mêmes et les actes des hautes individualités de l'antiquité grecque, avec les manifestations correspondantes dans les hautes individualités des époques qui la suivirent. Ces parallèles moraux, dont l'évolution sociale prochaine imposera le devoir, pour l'enseignement raisonné des générations de l'avenir, ne sauraient entrer dans ce travail rapide où l'on ne se propose que de mettre en relief les preuves capitales d'une vérité dont les témoignages surabondent.

La plus frappante et la plus décisive de ces preuves est l'impuissance continue du principe chrétien, impuissance de 18 siècles, si éloquemment exposée par M. Lacordaire [1], à triompher de l'antagonisme cruel qui multiplie sous nos yeux tous les désastres du passé. A quelle époque de l'histoire le *moi* brutal, ce moi générateur de

[1] Dans le journal l'*Avenir,* après 1830.

tous les fléaux du monde, a-t-il eu plus d'empire sur les mouvements de la pensée? En contemplant dans le silence de son âme, le tableau navrant de nos perturbations, à l'aspect de cette devise superbe, fastueusement étalée au frontispice de nos temples et qui reçoit à chaque seconde de si terribles démentis, qui n'incline à suspecter le rapport de ses sens et n'est-il pas permis d'être persuadé que l'on rêve?

Il ne faut pas moins que cette décadence extrême du sentiment moral et des caractères humains, pour s'expliquer, dans le monde matériel, l'application frivole ou subversive des découvertes les plus rares, le délaissement systématique et la persécution de leurs inventeurs, de ces hommes divins à qui l'antiquité reconnaissante eût élevé des autels. Il ne faut pas moins qu'elle encore pour se rendre compte d'un phénomène qui, par sa portée, cumule tous les autres, celui d'une théorie sociale, œuvre laborieuse d'un immense génie, conçue précisément pour ramener l'homme dans ses voies, et n'ayant abouti jusqu'à ce jour qu'à faire éclater, avec la plus triste évidence l'étroitesse des passions qui subjuguent les âmes.

Dans le blâme qu'infligera la postérité sévère aux principaux propagateurs de cette théorie et dont Fourier lui-même recueillera sa part, pour avoir sciemment trompé la masse de ses lecteurs par des ruses d'exposition, que son idée condamne, Jean Journet dont les poésies si fermes appellent et justifient ces considérations graves est encore celui dont les écarts d'apôtre rencontreront le plus d'excuse et de sympathique indulgence. L'homme naïf qui avait tout sacrifié, avenir de famille et fortune privée, pour accélérer l'heure d'une réalisation qui devait donner le signal de la délivrance de ses frères, pouvait-il en présence des affirmations de son maître, affirmations dont la fin logique était inévitablement une secte, éviter dans les vicissitudes de sa vie aventureuse, les angoisses et les impatiences désordonnées du sectaire?

Du moment où Charles Fourier, pour des motifs contradictoires avec ses prétentions, non content de donner à sa théorie les formes apparentes d'un rêve inadmissible, en circonscrivait les réalités pratiques dans les limites exclusives du monde matériel, il préparait à ses disciples crédules une mystification dont il devait lui-même, pendant 40 ans, recueillir la première douloureuse expérience. Nous ne contestons pas que le génie des inventeurs ait, pour sa pleine indépendance et ses droits de possession, certains priviléges vis-à-vis des coteries dont il redoute le plagiat et veut déconcerter la haine. Mais ces priviléges, quelque étendus qu'on les suppose, doivent-ils jamais aller jusqu'à pouvoir supprimer, dans une spéculation qui nous convie à de hautes destinées, les forces transcendantes de la personnalité morale, sans lesquelles ces destinées ne sont qu'illusoires et retombent fatalement dans les préoccupations de la matière?

Et puis, n'est-ce pas calomnier gratuitement la nature humaine que de refuser, sans réserve, à toute la génération d'une époque, le culte et l'exercice des passions généreuses? Il faut bien que, sous ce rapport, la persistance de Fourier eût été calomnieuse, puisqu'il rétracte plus tard, dans sa *Fausse industrie,* les assertions accumulées dans ses volumes antérieurs.

De cette méprise, si gravement périlleuse, glissée dans une vaste tête, par les orgies matérialistes du Directoire, découlaient, comme de source vive, les lacunes fondamentales qui neutralisèrent ses efforts. La littérature et la philosophie[1], et, par suite, les facultés souveraines, qui sont leur apanage, regardées dans ses livres comme de minimes accessoires et traitées avec une irrévérence qui le pousse — malgré ses brillants succès au collège de Besançon et, ce qui est bien plus concluant, les qualités supérieures de son style — jusqu'à se donner lui-même comme *un homme illettré,* se vengèrent cruellement, sur la découverte et son auteur, du rang qu'il leur octroyait dans le gouvernement du phalanstère. On répondit aux dédains de sa hiérarchie sociétaire, en servant, par les dénigrements d'une rancune impitoyable, la résolution fixe de le *démolir* et d'annihiler son importance. C'était lui prouver par un argument péremptoire la prépondérance absolue des attractions qu'il déclassait[2].

Par un renversement des plus étranges et qui dévoile le chaos de brutale confusion où s'agitent les éléments de la société contemporaine, tandis que des écrivains

---

[1] Le mot *idéologie* serait ici plus exact.

[2] C'est ce déclassement, naïf ou calculé, qui valut à Fourier, il y a 25 ans (lors de l'apparition du *Nouveau monde industriel,* au moment où Charles X préparait son coup d'Etat), tous les comptes-rendus critiques, infidèles ou moqueurs, qu'il aurait dû subir avec d'autant plus de calme que, beaucoup moins par la raideur de sa manière que par sa confiance peu logique dans un gouvernement rétrograde, il semblait lui-même se complaire à provoquer ces représailles.

largement pourvus de toutes les précieuses ressources d'une instruction savante, exagèrent les restrictions systématiques de Fourier, et publicistes-littérateurs de profession, oublient de tracer le rôle de la littérature dans la phase transitoire que l'humanité doit franchir, un homme inculte et vraiment illettré réfute et venge à la fois son maître, en faisant briller au grand jour les splendeurs de ce rôle, dans les hardis tableaux d'une harmonie sublime. Il y a certes loin de ce magnifique sacerdoce, de cette application toute religieuse des nobles facultés poétiques, à l'attribution si grossièrement intéressée que Fourier leur assigne dans ses combinaisons.

Disons, pour achever la physionomie d'une propagande qui affichait la prétention d'inaugurer sur la terre le règne de l'intelligence et de la justice universelle, que les poésies de Jean Journet les plus incontestablement belles [1], celles qui lui assureront dans l'avenir un rang tout-à-fait à part, parmi les poètes de ce temps-ci, furent, sans exception aucune, repoussées à l'unanimité par un *comité de lecture*, comme indignes de figurer dans les annales littéraires de l'école phalanstérienne. Ces décisions qui placent les chefs de cette école entre les deux alternatives, également fâcheuses, d'incapacité notoire et d'iniquité, suffiraient seules pour mettre à nu l'erreur capitale des vues pratiques de Fourier et légitimer en même

---

[1] Telles que celles-ci, par exemple : *A l'artiste, le 13 juillet, Solidarité, le Fou social, le Jugement, l'Apôtre social, au Ministre, la Défaite du Démon, aux Puissants de l'époque, aux Poètes mystiques, la Marseillaise des Travailleurs* (dédiée à Béranger), etc. etc.

temps le discrédit rapide d'un organe quotidien, trop minutieusement docile aux exigences de ces vues [1].

Au moment où nous écrivons ces lignes, après vingt années d'une publicité soutenue et, par le concours d'innombrables dévouements, organisée de toutes parts sur la plus vaste échelle, la doctrine de Charles Fourier a beaucoup moins de puissance de ralliement sur les instincts des masses que le communisme égalitaire des théoriciens du partage [2]. Ceci demande une explication sérieuse et, moins dans l'intérêt réel des poésies remarquables que nous publions que pour ôter tout prétexte à des rapprochements injustes, il importe de donner la véritable raison d'un état de choses dont les suites font planer sur la société tout entière le danger le plus formidable qui l'ait encore menacée.

VI.

De tous les systèmes sociaux successivement élaborés

---

[1] Ajoutons, pour compléter l'édification du lecteur sur la portée de ces vues, que l'une des pièces les plus fortes et les plus saisissantes du volume. (*Le Jugement*) fut composée en cachette par Jean Journet, au *phalanstère de Citeaux*, pendant qu'il sciait bravement du bois, dans la série du *bûcher*, ou des *bûchistes*, poste qui lui avait été assigné par Mme Gatti de Gamond, sous la condition expresse qu'il ne ferait plus de vers.

[2] Nous croyons les idées de M. Cabet chimériques et, partant, dangereuses ; mais loin de nous la pensée d'assimiler son communisme, imité de Morelly, du dominicain Campanella, et surtout de Thomas Morus et de Robert Owen (ce dernier secondé, pendant trente ans, par toute la haute aristocratie anglaise), aux déplorables conceptions des matérialistes égalitaires !

depuis 25 siècles, il n'en est aucun offrant, comme celui de Fourier, dans l'ensemble de ses calculs, ce caractère de compréhension vaste et d'exactitude sévère qui fait de cette théorie la spéculation la plus complète qu'une tête humaine ait conçue. Non seulement elle décrit, avec une prodigieuse clairvoyance, la marche et les effets de nos passions natives; mais, dans le monde sidéral et les quatre règnes de la nature, il n'est pas un mouvement dont elle n'indique le but, pas un phénomène dont elle ne précise la portée. Eminemment religieuse dans son principe, éminemment religieuse dans ses conséquences, il a fallu toute la dépravation intellectuelle et morale d'une époque gangrenée pour infliger l'accusation d'athéisme à la seule conception qui glorifie la providence. Ceux qui n'ont pas lu les œuvres du maître seront sur ce point, comme sur beaucoup d'autres, surabondamment édifiés par les poésies du disciple. Ils verront là démontré, dans un irrésistible langage, que la théorie de Fourier, arrachant à l'incrédule son arme la plus sûre, explique et sanctionne la mission du Christ, qui, sans elle, s'écroule et manque de conclusion [1].

Mais si la donnée abstraite de Fourier défie toutes les sévérités d'une analyse consciencieuse, il s'en faut beaucoup, comme nous l'avons déjà fait voir, que sa donnée

---

[1] N'en déplaise aux commentateurs subtils : dans la bouche de Jésus-Christ, ces mots : *mon royaume n'est pas de ce monde*, n'ont jamais voulu dire que ceci : mon royaume n'est pas d'un monde *de violence et d'injustice*. L'autre commentaire, outre qu'il est contradictoire avec un grand nombre de passages sans équivoque possible, fait la partie trop belle aux partisans de la misère.

pratique soit également satisfaisante. Mutilée dans les hautes sphères de sa portée sociale, cette théorie réduite, par une défiance exagérée, aux infimes proportions d'une commandite agricole, perd de suite aux yeux des esprits développés, avec la magique poésie de ses formes, le levier fondamental de sa puissance attractive. Au lieu de l'imposant et merveilleux édifice où l'âme, introduite par une providence tutélaire, s'extasie au spectacle des grandes harmonies et voit converger vers elle, par mille issues mystérieuses, toutes les félicités de la terre et du ciel, on ne rencontre plus qu'une résidence vulgaire où l'homme attiré par un appât matériel, s'acharne à combiner des moyens de fortune et n'apparaît au milieu des réunions sociétaires que pour y mesurer son travail au poids de l'or.

Le vice radical d'une pareille utopie, envisagée comme embryon de la transfiguration du monde, est moins encore dans l'impossibilité notoire de subjuguer les hommes en masse par les mobiles inférieurs, que dans ses conséquences immédiates et forcées sur l'intelligence même de ceux qui en acceptaient les bases. En abaissant le niveau de l'éducation générale au point de n'exiger de la foule aucun noviciat préparatoire pour figurer activement dans sa première phalange; en faisant pivoter cette première phalange sur l'assise exclusive des intérêts matériels, Fourier se trouvait amené, par une logique fatale, à déposer dans le cœur de ses principaux disciples les incurables séductions de l'égoïsme énivré. De la perspective flatteuse de se voir jouer sur la scène le plus grand des rôles, au dessein arrêté de maintenir le peuple dans les langes grossiers d'une infériorité perpétuelle, la pente était trop rapide pour que quelqu'un n'y glissât pas. La seule possibilité du fait ne trahit-elle pas les écarts d'une erreur profonde?

C'est ainsi qu'une découverte, destinée à consommer l'affranchissement universel, tendit à devenir, par les petitesses relatives de son inventeur, le piédestal égoïste d'une personnalité quelconque et l'instrument maudit de l'esclavage universel. La prédilection mal déguisée de Fourier pour son *issue de civilisation* par les procédés expéditifs, mais fort peu concluants d'un despote, est la réfutation la plus péremptoire des éléments de sa pratique.

Cette erreur, dont il fut la première victime, n'eût jamais égaré une intelligence de cette force si, par une crainte ombrageuse, qui prenait sa source dans la naïveté de son génie, il n'eut pas eu, en face de la sottise contemporaine, dont l'outrecuidant orgueil impatientait son âme, l'ambition de joindre, aux palmes de l'inventeur, les titres non moins glorieux du réalisateur. Il voulut faire sienne, sous tous les rapports, une découverte universelle qui appartenait au monde.

Ainsi dépouillé par lui-même de sa vraie liberté d'initiative, il se condamnait à tronquer, dans l'intérêt chanceux d'un *essai* problématique, les proportions d'un système dont il a dû percevoir les majestueux corollaires. Sa *théorie des quatre mouvements* et plusieurs passages de ses travaux ultérieurs témoignent avec une franchise éloquemment révélatrice qu'*il ne pouvait pas tout faire*, et il détruit à l'instant même la conséquence directe de ce précieux aveu, en donnant au mot *social* dont il restreint sans cesse la signification large, une mesure de portée qui n'allait à rien moins qu'à prolonger indéfiniment, avec surcroît de souffrances pour les classes laborieuses, la période destructive dont il voulait clore les fléaux.

Les premiers fruits de cette opiniâtreté spéculative ne se firent pas attendre et durent peu le flatter. Il humiliait et rebutait les supériorités positives; et, au lieu des *caractères largement tracés*, qu'il demande avec la gravité du génie convaincu, il ne recrute de toutes parts pour sa réalisation si prosaïquement resserrée, que des consciences naïves ou des ambitions vulgaires.

En matière d'économie politique et sociale, une fois qu'on s'est égaré par un faux point de départ, la succession des calamités est toujours progressive. De la méprise énorme de Fourier et des leurres sans fin qui en étaient la suite, dérivait pour ses continuateurs besogneux la nécessité de s'allier sans cesse avec les brouillons et les *faiseurs* et de glisser humblement la théorie de leur maître dans les bagages indigestes de l'hydre aux mille faces qui, faute d'un nom clair, s'est intitulé *socialisme* [1]. Les besoins et les désirs des masses correspondent exactement à leur degré de culture. Dans cette logomachie discordante que, sous la même étiquette ténébreuse, mille écrits quotidiens leur servaient en pâ-

---

[1] Le socialisme même le plus extrême ayant sa racine dans les indestructibles besoins de la nature humaine, appelle, pour justifier ses tendances, non la compression brutale, mais la science du gouvernement.

ture, les dispositions sévères d'un système où tout est net et précis, mais singulièrement complexe, sont trop loin de satisfaire d'abord à leurs aspirations vivaces, mais encore confuses, pour que des théories de nivellement égalitaire, où il ne s'agit que de prendre aux uns pour donner aux autres, d'abaisser à sa mesure ce qui vous dépasse, etc. etc,, ne l'emportassent pas près d'elles au jour du triomphe, sur des plans qui joignaient à leur odeur scientifique le tort non moins sérieux d'être arrivés trop tard [1].

Ces diverses manifestations que nous avons vu s'épanouir, après la Révolution de février, sont, en nos temps de réactions folles, grâce au fatalisme brutal dont nous souffrons le joug, le prélude adouci des extrémités peu rassurantes où gravite encore l'espoir de leurs crédules sympathies [2], bien tristement encouragées, il faut le dire, par les désertions et les apostasies sans nombre qui éclatèrent, à cette époque, dans tous les rangs de la société.

Ces désertions et ces apostasies sont le glas funèbre d'une période agonisante qui prend elle-même son linceul pour se coucher dans la tombe.

Un moment dissimulés par le fracas de l'Empire et

[1] Il s'agit ici, non de la découverte de Fourier, qui date en réalité de l'année 1800, mais des plans encore inédits de l'*Ecole*.

[2] Espoir fort explicable qui ne fait que trahir et mettre en cause l'ignorance ou le crime des gouvernants. Faut-il donc un demi-siècle pour montrer sa science politique, subjuguer les esprits et organiser la sécurité d'un peuple?

[3] Quelle liberté n'a pas été reniée par ses plus bruyants promoteurs.

les campagnes libérales de la Restauration, les symptômes de cette agonie qui résume, dans ses phases, tous les déchirements et toutes les misères de nos 25 siècles d'immobilisme, ont atteint depuis 1830, sous la pression des besoins qui veulent leur place au soleil, une recrudescence d'énergie qu'une incurable cécité peut seule désormais nier ou méconnaître. De quelque côté que se porte la vue, tout accuse en effet, à des yeux qui veulent voir, l'heure des chutes sans remède ou des rénovations éclatantes. Tous les nobles sentiments qu'avait réveillés 89, loin de se retremper au choc de nos révolutions nouvelles, ont perdu, sous le poids d'incessants mécomptes, avec la sève inspiratrice qui passionnait les âmes, l'audace des grands desseins et des élans sublimes. Une peur sans dignité, parce qu'elle est sans croyances, tient toutes les classes qui possèdent, — aristocratie de caste et bourgeoisie financière, — servilement accroupies sous son manteau de plomb. Les yeux fixés sur un passé mort et tournant le dos à l'avenir, les personnalités directrices de ces classes, menteusement unies, dans leur suprême angoisse, ne semblent s'être rapprochées que pour lutter entr'elles de palinodies honteuses et d'hypocrisies sans frein.

Une ardente soif de l'or a profané tous les sanctuaires. Cette soif, mise au service de l'ignorance ambitieuse, fait du temple de la pensée une Babel gigantesque où l'intelligence s'épuise en combats sans gloire, dans les inextricables bavardages d'une phraséologie vendue. Enchaînés dans cette arène maudite, les écrivains consciencieux de la presse militante qui ont un but réel et veulent aboutir, se voient condamnés chaque jour, à renouveler en face d'un adversaire sans bonne foi, le cruel et décevant travail d'un supplice que la fable a relégué dans les enfers. Il n'est plus un seul mot dont la signification soit franche. Chacun, selon le besoin de sa cause, qui n'est que le besoin de disputer pour disputer encore, torture et plie à son gré des expressions autrefois comprises, formules d'où l'idée s'est enfuie, creuses et retentissantes comme un tombeau vide. Oh! c'est bien là le signe solennel des *siècles débordés* et des civilisations expirantes!

Au milieu de cette confusion des langues, se dresse, assis sur les ruines d'un monde, un panthéisme vague et flottant, comme la théogonie antique, et, comme elle, faisant la passion de l'individu centre et base exclusive de la conscience du genre humain. Ce panthéisme que nous voyons apparaître, avec la même prédominance d'aspirations sensuelles, aux jours de caducité de toutes les civilisations passées, ce panthéisme est le caractère pivotal des périodes frappées au cœur et qui n'ont plus qu'à mourir. Insidieux Protée à la figure changeante, il est l'âme de toutes ces fantaisies d'organisation, échappées coup sur coup des flancs du socialisme, où la nature humaine est si déplorablement mutilée et qui se montrent et s'éclipsent tour à tour, avec la célérité fantasmagorique des ombres chinoises; fantaisies que quelques-uns saluent comme les premiers bégaiements d'une période nouvelle qui s'essaie à la vie et qui ne sont que les derniers sanglots d'un moribond déjà cadavre.

Oui, la France en ce moment acculée sur les derniers

débris d'un passé ténébreux, entourée d'écueils et de précipices sans fond, prépare au monde européen, si elle ne franchit l'abîme, les lugubres péripéties d'une catastrophe épouvantable. Les *solutions* empiriques que de prétendus *sauveurs* imaginent, depuis soixante ans, pour la sortir de son impasse, ont assez longuement prouvé leur désastreuse impuissance. Il est temps pour les virtualités généreuses qui reconnaissent le mal et qui s'en affligent, d'en sonder avec fermeté toute la profondeur.

Au point où en sont arrivées les sociétés modernes, avec nos deux mille cinq cents ans de retard, retard qui n'eût pas d'autre cause que la superstition de la *force*, l'idée d'un affranchissement du genre humain, par le concours des armées guerrières, de quelque beau nom que ces armées se parent, est à la fois la plus honteuse et la plus sinistre erreur qui puisse s'allier dans une âme avec la foi du progrès. Emblèmes éloquents des instincts inférieurs qui, maîtres de la pensée, en matérialisent les tendances, ces masses belliqueuses couvent toujours dans leur sein le futur spoliateur de la patrie qui les soudoie [1]. N'est-il pas raisonnable d'ailleurs, avant de songer à l'é-

---

[1] Tant de grands et nobles travaux d'utilité publique, aussi bien européenne que nationale, sollicitent le concours et l'activité de l'armée, depuis 56 ans, que nous la croyons peu fière du rôle qu'on lui fait jouer. Il n'est pas un seul officier de mérite qui ne partage, sur ce point, la franche opinion du maréchal Bugeaud, que désormais pour la France, toute agression brutale de la part des gouvernants, soit à l'intérieur, soit à l'extérieur, ne saurait plus être que l'assassinat froidement organisé. — Ce qui se passe, sous nos yeux, n'est-il pas pour nos prétendues sciences politiques la plus infamante des flétrissures ?

mancipation des autres, de bien s'assurer d'abord si l'on est émancipé soi-même? Or, si l'on a suivi les considérations qui précèdent, jamais affranchissement ne dut sembler moins réel et jamais nation qui s'est posée comme initiatrice providentielle de la rédemption de ses sœurs, n'eut à se replier plus sévèrement sur elle-même pour examiner quels sont ses titres à la mission qu'elle s'arroge.

Ridicule et funèbre résultat d'une éducation barbare! Nous n'avons, au sortir du collége, d'estime et d'admiration que pour nos grands hommes de guerre, imitateurs serviles de ces capitaines romains dont les prouesses, dans les mêmes livres, avaient électrisé leur enfance; et si la France, aux yeux de l'Europe, n'avait que ce titre à faire valoir pour obtenir le rang suprême, elle serait, par la plus juste des sentences, rejetée dans la catégorie des peuples-fléaux qui ont ravagé la terre. Les imprudents appels que de nobles proscrits, fatigués de l'exil, adressent de toutes parts à sa belliqueuse ardeur, prouvent que victimes des mêmes enseignements, ils oublient les épisodes d'un passé qui saigne encore, ignorent les destinées de la nation qu'ils invoquent et se méprennent sur la loi des développements humains. Pour chaque peuple, comme pour chaque individu, il n'est qu'un seul vrai titre de prééminence souveraine et ce titre est, dans toute phase donnée, l'harmonieux équilibre des passions généreuses et leur ferme direction vers le but social que les nécessités du temps proposent à leurs efforts. Quel esprit sérieux pourra jamais croire que ces nécessités sont de nos jours à la guerre?

Il n'est qu'une seule guerre qui, depuis 25 siècles, convie toutes les grandes âmes à s'enrôler sous ses drapeaux, guerre noble et sainte, s'il en fût jamais : la guerre à l'ignorance et à la misère! L'héroïsme qu'elle commande serait-il donc indigne des grandes âmes, ou n'est-il plus désormais de grandes âmes sur la terre?

Cette conclusion malheureuse, que légitiment parfois les hontes et les petitesses étalées devant nous, se corroborerait, si nous n'avions foi dans les masses[1], de toutes les incurables dégradations recueillies pendant le cours d'une période démesurément prolongée. Les peuples, comme les individus, — c'est une vérité banale à force d'avoir été prouvée, — ne violent jamais impunément la loi supérieure de leurs tendances. Immédiatement punis d'une infraction à cette loi, ils lèguent encore à leurs héritiers les mêmes germes de mort qui ont causé leur ruine. Qu'importent le progrès des sciences et le perfectionnement continu des procédés de l'industrie, si la gangrène des cœurs en corrompt les bienfaits! Ces bienfaits sont-ils donc destinés à devenir le partage du petit nombre, et la Providence n'en a-t-elle doté les hommes que pour voir accroître — fût-ce pendant un seul jour — la somme des maux qui pèsent sur l'immense majorité?

De toutes les impiétés vomies, celle-là, certes, est la plus horrible; et nous devons ajouter, pour achever le tableau, qu'elle fait partie essentielle de la croyance au *progrès*.....

La conséquence qui ressort de ces tristes phénomènes

---

[1] Dans *la vile multitude*, librement et régulièrement consultée, aux termes de la Constitution.
— Les luttes matérialistes des ambitions personnelles ont à ce point dégradé le pouvoir que, — par un anachronisme bien humiliant pour l'orgueil national, — il n'est plus aujourd'hui, comme aux époques barbares, qu'une impure et sanglante curée sur laquelle se ruent d'insatiables convoitises. Par une conséquence forcée, le discrédit et la chute de ses représentants sont d'autant plus sûrs et plus rapides que le théâtre est plus élevé et la prérogative plus étendue. La force brutale ne peut rien ici : les peuples ont soif de science et de vérité gouvernementale. Il n'est plus admis que la plus haute et la plus noble des attributions soit une proie qui s'enlève par la violence et le mensonge.

et que proclame bien haut la dignité humaine, c'est qu'antérieurement à toute préférence, à toute application positive d'une théorie quelconque, il est, en politique, une question capitale, question souveraine entre toutes les autres, qui s'impose aux consciences droites avec l'inflexibilité d'un axiôme. Cette question, oubliée depuis soixante ans, et que les plus sérieuses et les plus populaires de nos feuilles quotidiennes, entre autres, *la République* et *la Presse*[1], ont, à plusieurs reprises, dans ces derniers temps, posée aux coteries avec une netteté remarquable, est la question philosophique ou question de la science exacte que doit édifier l'homme-individu sur l'essence et la fonction sociale des diverses facultés qui constituent son être. Il n'est plus, en effet, de tergiversation possible. Les révolutions qui se succèdent avec une rapidité effrayante et qui ont pour véritables moteurs ceux-là mêmes qui, depuis deux mille ans, se sont arrogé le droit de gouverner leurs semblables, crient aux oreilles de tous les hommes sincères, que le repos des masses et la sécurité du monde dépendent exclusivement d'un principe moral qui transformera les âmes.

N'est-il pas clair que plus l'individu s'élève en moyens de bien-être, que plus la science et l'industrie livrent d'instruments de puissance à sa volonté, et plus cette volonté, sollicitée par les prestiges et les enivrements de son empire, a besoin de leviers et de contre-poids intérieurs pour équilibrer les passions qui la font mouvoir? N'en déplaise aux calculs de Fourier, ou plutôt en raison même de ces calculs qui sont la résultante d'une pensée humaine, portée à son plus haut degré d'énergie mathé-

---

[1] Le *Siècle*, dont la rédaction est, comme celle du *National*, composée de tendances fort diverses, a pu quelquefois aussi toucher résolument ce point décisif. — Sous leur forme légère et spirituellement grotesque, le *Charivari* et le *Journal pour Rire* ne sont pas les moins éloquents de tous.

matique, l'homme aura besoin, même en pleine association, de discipline individuelle pour se régulariser lui-
même[1]. Toutes les dispositions architecturales, etc. ne
sauraient rien changer à cette nécessité absolue; bien plus,
elles la rendront plus impérieuse et plus sévère par l'impossibilité constante de réussir en dehors d'une complète
subordination aux lois de la justice et de la vérité. Il faut
bien qu'il soit peu facile d'atteindre à ce maximum exigé
d'équilibre moral, puisque, depuis tant de siècles que
l'homme est pourvu de tous les rudiments essentiels, nul,
parmi les organisations fortes du passé, y compris Fourier
lui-même, n'est encore parvenu à le réaliser dans son
âme. Pourquoi ce long retard dans l'intronisation du bien
et cette persistance continue dans le règne du mal? Il n'y
a pas d'effet sans cause, et la question posée vaut bien
qu'on y réponde.

Ne voyons-nous pas toujours, comme avant sa découverte, d'une part, l'industrie manufacturière et le
haut commerce[2] soutirer progressivement la substance
des travailleurs, avec la sûreté d'une pompe aspirante
qui surpasse les procédés de la féodalité du moyen-âge
de toute la supériorité de nos colossales machines sur
l'armure de l'ancien seigneur et son donjon crénelé; de
l'autre, l'ignorance, la misère et la prostitution continuer,
dans les grands centres industriels, d'envahir, comme une
lèpre hideuse, plus des neuf dixièmes de la population

[1] C'est-à-dire subordonner, en toute circonstance, ses passions natives à la loi morale élevée à toute la hauteur des destinées de l'humanité.

[2] La plupart de nos grosses maisons commerçantes ont, à
Paris et en province, soit des métiers établis qui ruinent les
maisons inférieures, écrasent les petits fabricants et rançonnent les industrieux; soit des ateliers concernant les divers
genres de travaux à l'aiguille ou, pour un salaire dérisoire,
— moyennant 40 centimes par jour, — les femmes et les jeu-

ouvrière, et, pour couronnement de toutes ces perfectibilités sociales, le cratère béant des révolutions rouvert sous les pieds de la bourgeoisie, et plus que jamais prêt à la recevoir et à l'engloutir? ....

En face de la prodigieuse multiplicité des éléments qui composent la richesse du milieu social, et qui assiègent l'homme de toutes parts dans la triple essence de son activité passionnée, il faut donc à l'être moral un *critérium* qui réponde carrément à la largeur de son théâtre. Que peut être ce critérium, sinon le principe d'une éducation vigoureuse, aussi supérieure, quant à la discipline et à la portée, aux pauvretés philosophiques du jour, que les hautes tendances de notre époque sont supérieures à celles du passé? Dire qu'une telle norme n'existe pas, ou qu'elle est au-dessus des forces de la nature humaine, c'est nier à la fois l'Evangile et la possibilité d'arriver aux destinées qu'on travaille à conquérir. Comment, en dehors d'un idéal pratique, ayant son point d'appui dans la conscience humaine, INTÉGRALEMENT développée, imaginer un système d'organisation sociale qui n'aboutisse irrésistiblement à la tyrannie? force nous est d'opter alors entre le lâche cortége de la contrainte brutale et le secours tout puissant de ce levier suprême.

Il est permis de croire les cœurs vulgaires susceptibles d'hésiter dans une semblable occurrence : pour les cœurs élevés, la seule supposition est une injure.

C'est qu'en effet, ici, tout sort du cadre misérable où, depuis plus de quarante siècles, étouffent, proscrites ou sans emploi, les facultés transcendantes de la nature

nes filles sans ouvrage vont, dans des séances excessives, dépenser périodiquement leur talent et leur santé. Presque toutes ces malheureuses, pour ne pas mourir de faim, sont forcées de se rabattre sur leur *cinquième quart de journée.*

Cette manière de pratiquer la fraternité est, comme tout le reste de notre machine économique, une importation anglaise.

humaine. Il faut que l'âme exaltée par la magnificence et la noblesse de son rôle, dans le milieu qui réclame son activité pour organiser les préparatifs de la transfiguration du monde, s'arrache avec ivresse aux excitations grossières et trouve son bonheur à convier les masses aux félicités inconnues d'une existence plus élevée; il faut que les luttes de la personnalité aient pour mobile permanent ces attractions sublimes; il faut, enfin, que l'homme intelligent, dominant l'homme sensitif et l'homme affectif, de toute la hauteur des sphères où sa pensée réside, embrasse et parcoure sans cesse [1], dans une mesure relative à l'étendue de son pouvoir [2], le cercle universel des attributs divins.

Qui essaiera de nous prouver que la capacité morale du Roi de la création n'est pas en parfait rapport avec la grandeur de cette tâche?

Nous sommes un peu loin, comme on voit, des visées pratiques d'association qui ont arraché Jean Journet aux séductions du bien-être et soutenu, pendant 12 ans, sa persévérance opiniâtre; mais si notre préface clot son apostolat naïf et transforme le caractère de ses espérances, il lui restera du moins cette compensation de léguer aux descendants, pour honorer sa mémoire, des poésies immortelles, dont le lyrisme puissant et la popularité glorieuse laisseront bien loin derrière elles, dans un très-prochain avenir, les travaux plus volumineux des hommes peu réfléchis qui l'ont accablé de leurs dédains.

PARIS, le 14 octobre 1851.

[1] Ce parcours est la loi fixe qui, dans tous les ordres de fonctions sociales, doit déterminer les échelles de caractères et assigner les rangs. Hors de là, les mots *Liberté, Egalité, Fraternité,* ne sont pour le peuple qu'une insultante ironie.

[2] Pouvoir et savoir sont corrélatifs.

POÉSIES.

POÉSIES HARMONIENNES.

Dans un monde nouveau je me sens transporté,
Salut, Reine des Cieux, Auguste Vérité !
D'épines et de fleurs tu couronnas ma tête....
Il suffit : j'ai tout vu, je vais tout publier ;
Et, dans un saint transport, j'embouche la trompette
De l'ange qui préside au jugement dernier.

Résurrection du Monde.

1839

Au sein de l'infini, dans l'abime des mondes,
O globule proscrit des unités fécondes,
   Qui régissent les cieux ;
Glacé par le néant, brûlé par la lumière,
Enfant abandonné de la nature entière,
   Des astres et des Dieux !

Qui dira tes malheurs, tes déluges funestes,
Tes volcans déchainés, tes ravages, tes pestes,
   Qui dira ce chaos :
Tes foudres, tes torrents, tes éléments rebelles,
Tes montagnes en feu, tes glaces éternelles,
   Qui dira tous tes maux ?

Type du créateur, chef-d'œuvre d'harmonie,
De la fille de l'air viens finir l'agonie,
    Sauve-la du tombeau.
Ton front audacieux commande à la nature,
Et ton bras tout-puissant sonde, pèse, mesure:
    Homme, sors du berceau!

Du fond mystérieux, sous les gouffres de l'onde,
Un cri retentissant vient soulever le monde;
    Et Satan furieux,
De l'homme qui le fuit, veut s'assurer l'empire:
L'indigence, l'erreur, la fourbe, le délire,
    Eclatent en tous lieux.

Chaque siècle qui nait porte un nouvel orage.
Les malheurs des humains, aggravés d'âge en âge,
    Seront-ils éternels?
Du glaive de Michel, quelle main intrépide
Frappera le Démon dont l'étreinte perfide
    Dévore les mortels?.....

Il est prêt! Le voilà, ce frère du Messie!
Intrépide martyr, sublime prophétie
    Il dit la loi des cieux:
Mais se ruant soudain, des serpents déicides
Mêlent leurs sifflements et leurs venins putrides
    Aux chants harmonieux.....

Enfin la calomnie a dévoré sa proie,
Et déjà les clameurs de son horrible joie
    Ebranlent les enfers;

Mais l'hymne a réveillé les échos de l'espace :
Faible d'abord, bientôt il grandit, il embrasse
   L'orbe de l'univers.....

Enfants du post-curseur embouchons la trompette,
La résurrection est la suprême fête,
   Arrachons le linceul;
Qu'à l'hymne d'unité l'humanité réponde :
Pour ne plus le quitter Dieu visite le monde,
   Morts, sortez du cercueil !!

Le Départ.

1839.

Du soleil radieuse image,
L'apôtre au front étincelant
Brûle ou féconde à son passage,
Sème la vie ou le néant.
Tantôt martyr comme Socrate,
Il brave un prêtre audacieux;
Et tantôt, sublime Erostrate,
Il détruit l'autel des faux dieux.

Le mensonge, le ridicule,
Infatigables ennemis,
Exploitent le peuple crédule
Serons-nous toujours endormis.

Seul le GÉANT du globe veille....
Contre tous il succombera;
Mais l'apostolat se réveille,
L'apostolat le vengera.

Qui peut maîtriser son courage,
Qui peut enchaîner son transport
Quand l'homme écrasé d'âge en âge,
N'espère plus qu'en son effort?
Tourments secrets, honte publique,
Rien ne l'arrête dans son cours:
Contre un oppresseur, frénétique
Il s'arme et vole à son secours.....

Fauteurs de préjugés gothiques,
Plus de débats passionnés;
De vos manœuvres empyriques,
Les fruits sont tous empoisonnés.
De l'enfer sectateurs fidèles,
Prêtres faux, soldats abrutis,
Rois despotes, sujets rebelles,
Corps mutilés, cœurs pervertis:

Tremblez d'aggraver la misère
Des nombreux enfants de Gracchus,
Il pourrait bien de leur colère
Surgir un nouveau Spartacus!
En vain tout le passé nous crie :
La violence suit la mort;
La multitude en sa furie
Confond et l'écueil et le port.

Jadis l'homme, dans l'ignorance,
Prenait l'erreur pour la raison;
Maître de l'arbre de science,
Satan l'abreuva de poison;
Mais aujourd'hui que la culture
Vient greffer des fruits savoureux,
Plus de serpent, plus d'imposture,
Plus d'instigateur ténébreux.

Plus de ces luttes puériles,
Envenimant les passions;
Plus de ces discordes civiles,
Chancres rongeurs des nations!
Le calme succède à l'orage:....
Quelle est au loin cette clarté?
Que vois-je jaillir du nuage?
C'est l'éclair de la VÉRITÉ.

Dominé par un saint délire,
Je quitte mes riants vallons,
Et je viens braver le martyre:
Je viens dans la fosse aux lions;....
Je sors de la fournaise ardente,
Dieu l'a voulu, je sors vainqueur;
Courbe ton front, ville insolente,
Reçois l'envoyé du Seigneur!

Le Soldat de l'Avenir.

1840.

L'apôtre a revêtu l'armure du combat,
Son regard inspiré, sa voix retentissante
Annoncent que du Ciel il remplira l'attente.
Le soldat se fit saint, et lui se fait soldat.
    Sa bravoure le seconde :
    Il brise un voile imposteur,
    Montre la loi du Seigneur,
    Porte l'harmonie au monde.

Il est prêt, le voilà, civilisation !
Bacchante aux cheveux gris, Vénus toujours facile,
Laïs au front boueux, colosse aux pieds d'argile,
Vampire insatiable, engeance du démon.
    Sa bravoure le seconde :
    Il brise un voile imposteur,
    Montre la loi du Seigneur,
    Porte l'harmonie au monde.

Qu'as-tu fait des enfants confiés à tes soins ?
Des seins taris, un lait rougi par la misère,
Un venin saturé d'erreur et de colère
Fut ton premier secours à leurs premiers besoins.
    Sa bravoure le seconde :
    Il brise un voile imposteur,

Montre la loi du Seigneur,
Porte l'harmonie au monde.

Fleur perdue au désert, la vierge se flétrit;
Le jeune homme est étreint de vertiges funestes,
De labeurs incessants, de batailles, de pestes :
Ceux qu'épargna le sort ta fureur les poursuit.
    Sa bravoure le seconde :
    Il brise un voile imposteur,
    Montre la loi du Seigneur,
    Porte l'harmonie au monde.

Au péché triomphant l'homme dresse un autel :
Il se fait sa victime, il se vend, il s'achète,
Au cœur il a du plomb, du salpètre à la tête;
L'orgueil a perverti l'élu de l'Eternel.
    Sa bravoure le seconde :
    Il brise un voile imposteur,
    Montre la loi du Seigneur,
    Porte l'harmonie au monde.

Poussés vers le tombeau, sans pain, sans vêtements,
Enfants, femmes, vieillards jouets de mille orages,
Convoitent le destin des animaux sauvages,
A qui le désert même offre des aliments....
    Sa bravoure le seconde :
    Il brise un voile imposteur,
    Montre la loi du Seigneur,
    Porte l'harmonie au monde.

La charité triomphe où l'espérance agit.
Du port de l'unité voyez briller la grève :

L'ange exterminateur m'a confié son glaive,
Moïse a succombé, mais Josué surgit !
            Sa bravoure le seconde :
            Il brise un voile imposteur,
            Montre la loi du Seigneur,
            Porte l'harmonie au monde !

Anathème.

1841.

Quand je vois l'Eternel, abdiquant son pouvoir,
Confier aux humains le soin de sa mémoire,
Au conseil du destin j'ai le droit de m'asseoir :
J'ouvre un feuillet sanglant et je lis notre histoire.
Quand je vois ce cloaque où tout va s'engloutir,
Alors, pour foudroyer une insolence extrême,
Le doigt sur le passé, mais l'œil sur l'avenir,
Je monte sur les toits et je crie anathème !

Et je vois le pontife aveuglé par l'orgueil,
Se plongeant au bourbier des faiblesses mondaines,
De la barque du Christ fabriquer un cercueil,
S'allier aux tyrans qui forgèrent nos chaînes...
Quand je vois ce cloaque où tout va s'engloutir,
Alors, pour foudroyer une insolence extrême,
Le doigt sur le passé, mais l'œil sur l'avenir,
Je monte sur les toits et je crie anathème !

Et je vois ces hableurs qui se font nos élus,
Joindre, avec le concours d'invalides compères,
A Pélion Ossa, Poliphème à Cacus,
Unir tous les affronts à toutes les misères.
Quand je vois ce cloaque où tout va s'engloutir,
Alors, pour foudroyer une insolence extrême,
Le doigt sur le passé, mais l'œil sur l'avenir,
Je monte sur les toits et je crie anathème!

Et je vois les honneurs entourer le guerrier,
Hydre que Lucifer vomit dans sa colère,
Qui du meurtre de l'homme a pu faire un métier:
Qui tourne sur les siens sa fureur sanguinaire.....
Quand je vois ce cloaque où tout va s'engloutir,
Alors, pour foudroyer une insolence extrême,
Le doigt sur le passé, mais l'œil sur l'avenir,
Je monte sur les toits et je crie anathème!

Et je vois le marchand sublime d'impudeur,
Stupide desservant du temple de Mercure,
Là, victime ou bourreau, plus loin sot ou voleur,
Pervertir les instincts, professer l'imposture....
Quand je vois ce cloaque où tout va s'engloutir,
Alors, pour foudroyer une insolence extrême,
Le doigt sur le passé, mais l'œil sur l'avenir,
Je monte sur les toits et je crie anathème !

Et je vois l'ouvrier abîmé de travaux,
Epuisé, haletant, couvert d'une guenille,
Sans gloire, sans honneurs, sans plaisirs, sans repos,

Quand circule dans mes sens
L'étincelle prophétique,
Quand j'entonne le cantique,
Homme, écoute mes accents :
Pour harmoniser la terre,
Pour sauver le genre humain,
Que ma voix soit le tonnerre,
Que ma langue soit d'airain.

Quand la foule est idolâtre,
Quand le lévite est sans foi ;
Quand le mage se fait roi,
Quand le pasteur se fait pâtre ;
Quand, aveugles, confiants,
Quand nous dansons sur l'abîme
Et quand le veau d'or opprime
Un peuple de suppliants :
Pour harmoniser la terre,
Pour sauver le genre humain,
Que ma voix soit le tonnerre,
Que ma langue soit d'airain.

Quand la syrène perfide
Qui jouit à voir mourir,
Chante pour nous attendrir,
Fuyons la plage homicide,
Où le soufre empeste l'air,
Où l'amour est satanique,
Où le doute est fanatique,
Où la vie est un enfer.

Pour harmoniser la terre,
Pour sauver le genre humain,
Que ma voix soit le tonnerre,
Que ma langue soit d'airain.

Contre nous, là, tout est piége,
La vierge, là, pour du pain,
Livre au cynique inhumain
Le pouvoir d'un sacrilége :
Les marchands sont flibustiers,
Les *justes* sont les habiles,
Les docteurs sont imbéciles,
Les bourreaux sont justiciers.
Pour harmoniser la terre,
Pour sauver le genre humain,
Que ma voix soit le tonnerre,
Que ma langue soit d'airain.

Quittez ce repaire sombre,
Vils manœuvres de Babel ;
Pour escalader le ciel,
Vous édifiez dans l'ombre.
Satellites de la nuit,
Chauve-souris en démence,
La vérité vous offense,
La clarté vous éblouit.
Pour harmoniser la terre,
Pour sauver le genre humain,
Que ma voix soit le tonnerre,
Que ma langue soit d'airain.

Courons briser la barrière
Que dressa l'iniquité;
Soldats de la Vérité
Faisons briller sa bannière!
Dissipons la nuit du cœur!
Le mal surgit du mystère,
Le doute de la misère,
Et le crime de l'erreur.
Pour harmoniser la terre,
Pour sauver le genre humain,
Que ma voix soit le tonnerre,
Que ma langue soit d'airain.

Chantons l'hymne d'espérance;
Le jour succède à la nuit;
La mélodie au vain bruit;
La raison à l'ignorance.
Le printemps naît de l'hiver,
De l'obstacle le courage,
La constance de l'outrage;
Et l'Eden naît de l'enfer.
Pour harmoniser la terre,
Pour sauver le genre humain,
Que ma voix soit le tonnerre,
Que ma langue soit d'airain.

Quand Dieu visite le monde,
Quand il préside au combat,
Quand, pour frapper Goliath,
Quand sa main tresse la fronde.

Quand FOURIER dicte la LOI,
Quand l'apôtre se réveille,
Quand le globe tend l'oreille,
Quand le ciel est en émoi :
Pour harmoniser la terre,
Pour sauver le genre humain,
Que ma voix soit le tonnerre,
Que ma langue soit d'airain.

Aux Journalistes encroûtés.

1841.

Muets témoins de tant d'horreurs,
Esclaves d'un vil journalisme,
Levons-nous, couvrons ses clameurs,
En dévoilant tout son cynisme;
Pétri d'orgueil et de poison,
Titan sans cœur, bourreau sans âme
Son sceptre est un double brandon;
Levons-nous! écrasons l'infâme!

Il se prostitue au tyran,
Il flatte un tribun sanguinaire;
De l'époux, du père imprudent
Il viole le sanctuaire.
Que de fois la vierge a pâli
Sous les coups de son épigramme!

Plongeons le monstre dans l'oubli !
Levons-nous ! écrasons l'infâme !

Ecume d'un torrent fangeux,
Lèpre d'une race en démence,
Vivant de l'autel des faux dieux,
Il mourra dans l'impénitence :
Mais les hommes enfin guéris
Et guidés par notre oriflamme,
Diront : nous étions abrutis !
Levons-nous ! écrasons l'infâme !

Exhumant de vieux préjugés,
Exploitant un instinct sauvage,
Les peuples qu'il dit outragés,
Il veut les pousser au carnage.
Et qu'importe à ces inhumains
Que la plèbe engraisse le drame,
La mort pourvoit à leurs festins....
Levons-nous ! écrasons l'infâme !

Sur un océan déchaîné,
Au bruit du vent et de l'orage,
Le pilote qui s'est damné
Cherche l'écueil, fuit le rivage....
Quand l'ange illumine le port,
Courage, enfants, ployons la rame !
Nous triompherons de la mort.
Levons-nous ! écrasons l'infâme !

Renard et tigre tour à tour,
Protée aux allures funèbres,

Il frémit à l'éclat du jour,
Il gouverne par les ténèbres....
Mais du phare de VÉRITÉ,
Voyez enfin poindre la flamme.
Le monde a crié LIBERTÉ !!!
Levons-nous ! écrasons l'infâme !

Aux Académiciens fossiles.

1841.

Vous dormez, lâches sentinelles,
Vous dormez et le jour grandit;
Quand le coq secoua ses ailes,
Ce prompt réveil vous confondit.
Le rêve qui vous épouvante
Est fils d'un coupable sommeil,
Levez-vous ! la voix vigilante,
Du monde annonce le réveil !

Alerte ! soldats du mensonge,
Le soleil resplendit pour tous;
Ecrasez le ver qui vous ronge,
L'orgueil qui vous a rendus fous !
Du cœur il remonte à la tête,
Mais l'audace de mes transports
Ressuscitera le squelette,
Sous le cautère du remords !

Levez-vous, antiques momies,
Jetez bien loin vos oripeaux,
Faut-il après les comédies,
Voir la parade des tombeaux !
Quel délire entraîne les hommes,
Quel serpent les a conviés,
A choisir pour dieux des fantômes,
A ramper jusques à vos pieds ?

Invalides de l'ignorance,
L'absurdité vous adora ;
Idoles de l'humaine engeance,
Son fanatisme finira !
La fourbe, la guerre insensée,
Cesseront de suivre vos pas :
Le temple où trône la pensée
N'est plus l'étable d'Augias.

Dans votre sommeil léthargique,
L'esclave s'armant de ses fers,
Va broyer votre âme impudique,
Vous replonger dans les enfers.
Tremblez, procustes du génie :
Hercule a visité ces lieux ;
Pour dompter votre tyrannie,
Il enfante des demi-dieux.

La terre qu'un oubli funeste
Livrait au pouvoir de Pluton,
Va guérir sa quadruple peste,
Va tarir son triple Achéron !

Cerbère, sûr de sa défaite,
Pour ronger encor quelques os,
S'est réservé, dans sa retraite,
Le repaire des vils journaux.

Déjà tout s'émeut, tout s'apprête,
Pour le jour que l'homme attendit;
Admis à contempler la fête,
L'œil du coupable resplendit;
Le pauvre verse son obole
Dans le tronc de l'humanité;
Le tyran rougit de son rôle,
Il embrasse la liberté.

L'artiste épuisa son calice :
Après mille efforts, mille erreurs,
Il ramène son Euridice,
Par un chemin jonché de fleurs,
Sysiphe bénit sa charrue,
Ses labeurs sont sanctifiés;
Et les Tantales de la rue
Seront bientôt rassasiés.

Voyez : la lumière immortelle
Envahit déjà l'horizon,
L'aveugle sent sur sa prunelle
Scintiller un divin rayon.
Des morts secouant la poussière,
Lazare s'est précipité;
Le Seigneur brûla son suaire
D'un éclair de sa charité.

Vous dormiez : l'apôtre qui veille
Ne se couche que pour mourir;.....
Mais quel bruit frappe mon oreille?
Les temps prédits vont s'accomplir.
Sous l'étreinte de mes tenailles,
Bourreau de l'incrédulité,
Je fais vibrer dans vos entrailles
L'artère de la vérité.

Seconde Série.

———

Résolution.

1840.

Que de force, que d'audace,
Doit animer l'imprudent,
Qui veut emporter la place
Où le doute est triomphant!
Mon âme parfois succombe,
Dans un si rude travail,
Et la voûte de la tombe
M'apparaît comme un bercail.

Tantôt en lave brûlante,
Mon espoir veut déborder;
Tantôt ma nef chancelante,
Au torrent craint d'aborder.
Tantôt apôtre intrépide,
Je sens mon cœur tressaillir;
Tantôt disciple timide
Je suis prêt à défaillir!

La flamme qui me dévore
Sillonne hélas! le désert;
L'hymne fervent et sonore
Forme un stérile concert;

L'homme court au bruit sauvage
Du clairon et du tambour;
Hors des plaines du carnage,
Il est aveugle, il est sourd.

Toujours, toujours l'ignorance,
Fille de la vanité
Dirige vers la démence
Ce géant d'impiété,
Et quand la trompette sainte
Sonne l'heure du réveil,
Il est bercé par la crainte,
Dans un stupide sommeil.

Ses rêves sont frénétiques;
Et, quand l'affreux cauchemar,
De ses poisons magnétiques
Lui fascine le regard :
Il se redresse, indomptable,
Et, sur l'onde et dans les camps,
Ce Saturne insatiable
Court dévorer ses enfants.

Je veux museler ta rage,
Je veux dompter ton courroux;
Et la misère et l'outrage,
N'arrêteront plus mes coups.
Des profondeurs de l'abîme,
Je te suivrai de mes cris:
La constance se ranime
Sous l'étreinte du mépris

Je tromperai l'espérance,
De ces immondes viveurs,
Qui trouvent leur jouissance
A voir répandre des pleurs.
Au jour effaçant la trace
De mon douloureux ennui,
Nul ne lira sur ma face
Les tortures de la nuit.

Du palais à la chaumière,
Le matin comme le soir,
Je redirai ma prière,
Je chanterai mon espoir.
Ainsi passera ma vie,
De l'attente à l'abandon,
Toujours sous la calomnie,
Toujours armé du pardon.

J'irai souvent dans le temple,
Où rayonne le martyr;
Retrempé par son exemple
Je serai fier de souffrir;
Soutenu par mon bon ange
Au sein de l'iniquité,
Je saurai comment la fange
Guide à l'immortalité.

La Charité.

1843.

Comme l'or que l'on purifie,
J'étais obscurci par l'erreur ;
Bientôt, mon cœur se vivifie
Au creuset régénérateur :
De feux ma tête se couronne,
Je luis, je brille, je rayonne....
Pour atteindre un si beau destin,
Que me faut-il ! — Un peu de pain.

Comme l'arbuste solitaire,
Je ployais au choc de l'autan ;
Bientôt, beau cèdre séculaire,
Je règne sur le mont Liban :
Mes pieds dominent les nuages,
Mon front dissipe les orages.
Pour atteindre un si beau destin,
Que me faut-il ! — Un peu de pain.

Comme l'oiseau faible et timide
Je fuyais l'aire du vautour ;
Bientôt, aigle fort, intrépide,
Je m'élance aux sources du jour ;
Et mon courage et ma constance,
Dévoilent la sainte science.
Pour atteindre un si beau destin,
Que me faut-il ! — Un peu de pain.

Comme le pâtre prophétique,
J'inspire une noble pitié;
Bientôt, j'entonne le cantique,
Saül me prend en amitié:
Et pacificateur du monde,
Un bonheur céleste m'inonde.
Pour atteindre un si beau destin,
Que me faut-il! — Un peu de pain.

Comme un satellite infidèle
Ma nuit s'écoulait sans réveil;
Bientôt Colomb voit Isabelle,
Le nouveau monde son soleil;
Isabelle de la science
Soutiens, couronne ma vaillance.
Pour atteindre un si beau destin,
Que me faut-il? — Un peu de pain!!

L'Amour divin.

1841.

Le siècle attend la femme forte;
Mille échos murmurent ton nom:
Qu'une ardeur sainte te transporte,
Brise la tête du démon,
Sa puissance touche à son terme;
Que ton sein féconde le germe

De la foi qui doit tout unir.
Et dans ces temps où tout s'écroule,
Lève-toi, domine la foule :
Sauve un monde prêt à périr.

Mère, vois la mère éplorée,
Sœur, vois tes sœurs dans le besoin,
Femme, vois la femme égarée :
Crie au mal : « ne vas pas plus loin ! »
Prends les peuples sous tes auspices ;
Et pour conquérir les délices
De l'Eden prêt à refleurir,
Il faut vouloir, il faut entendre,
Il faut AIMER, il faut comprendre,
Il faut marcher à l'avenir !

L'AMOUR est l'ovaire céleste
Où s'élabore le bonheur ;
S'il périt, un vide funeste
D'un abîme entoure le cœur ;
Et les rayons de la science
Et le sceptre de la puissance
Rien ne peut plus le ranimer....
Les cris, les concerts, le murmure,
Les mille voix de la nature,
Nous chantent : VIVRE C'EST AIMER !

. . . .

. . . .

Rappelle-toi, dans l'autre monde,
Les élans des prédestinés ;

Dans l'espace, l'amour féconde
Les tourbillons passionnés.
Souviens-toi qu'aimer c'est connaître,
Aimer c'est embraser son être
D'une ineffable volupté;
C'est sentir la sève divine.
C'est déjà planter sa racine,
Dans le sein de l'éternité.

Quand l'étincelle sympathique
Brillera dans ton doux regard,
Le bonheur, torrent électrique,
Débordera de toute part.
Tout est soumis à ta puissance,
Le cercle de notre existence
Se marie aux mondes divers,
Si ton âme enfin se rappelle
Le sens de l'énigme éternelle:
DIEU, LES HOMMES ET L'UNIVERS!!!

Le Sceptre de la Foi.

1840.

Veux-tu sur le globe étonné,
Planter ton sceptre fortuné?
Hâte-toi, le tonnerre gronde.
Veux-tu voir les peuples, les rois,
Heureux d'obéir à tes lois?

Ecoute cette voix profonde :
Sors de la tourbe ! Lève-toi !
Sois le grand prêtre de la loi !
L'UNITÉ va régir le monde.

Veux-tu dans tes puissantes mains
Tenir le livre des destins ?
Hâte-toi ! Le tonnerre gronde.
Veux-tu qu'un amour éternel
Brûle l'encens sur ton autel ?
Ecoute cette voix profonde :
Sors de la tourbe ! lève-toi !
Sois le grand prêtre de la loi !
L'UNITÉ va régir le monde.

Veux-tu sur les maux des humains
Epandre des baumes divins ?
Hâte-toi ! Le tonnerre gronde.
Veux-tu de trésors inouïs
Combler les mortels éblouis ?
Écoute cette voix profonde :
Sors de la tourbe ! Lève-toi !
Sois le grand prêtre de la loi !
L'UNITÉ va régir le monde.

Veux-tu de pudiques ardeurs
T'enivrer couronné de fleurs ?
Hâte-toi, le tonnerre gronde.
Veux-tu que ta postérité
Se perde dans l'éternité ?

Écoute cette voix profonde:
Sors de la tourbe! Lève-toi!
Sois le grand prêtre de la loi!
L'UNITÉ va régir le monde.

Veux-tu voir grandir dans son cours,
L'astre des auteurs de tes jours!
Hâte-toi, le tonnerre gronde.
Veux-tu, pour tes frères chéris
Créer des sceptres incompris?
Ecoute cette voix profonde:
Sors de la tourbe! Lève-toi!
Sois le grand prêtre de la loi!
L'UNITÉ va régir le monde.

Veux-tu, moderne rédempteur,
Arracher l'homme à la douleur?
Hâte-toi, le tonnerre gronde.
Veux-tu, convive du saint lieu,
T'asseoir à la gauche de Dieu?
Ecoute cette voix profonde:
Sors de la tourbe! lève-toi!
Sois le grand prêtre de la loi!
L'UNITÉ va régir le monde.

Veux-tu rallier nos concerts
Aux cantiques des univers?
Hâte-toi, le tonnerre gronde.
Veux-tu, pontife audacieux,
Marier la terre et les cieux?

Ecoute cette voix profonde :
Sors de la tourbe ! Lève-toi !
Sois le grand prêtre de la loi !
L'UNITÉ va régir le monde !!!

Au Ministre.

1844.

Ministre du Seigneur, le soleil dans sa gloire,
Guide, anime, soutient les mondes qu'il régit,
Et le faible et le fort, le grand et le petit,
Sont toujours, sont partout présents à sa mémoire,
Riche de sa chaleur, puissant de son éclat,
Ses rayons vont chercher la comète invisible ;
Et le concert du ciel est le signe inflexible
D'un père intelligent administrant l'Etat.

Soumis avec transport à la loi souveraine,
Ses décrets souverains commandent le bonheur,
Et l'épouse enivrée à sa féconde ardeur,
Et l'enfant vagabond à la céleste plaine
Par des chemins divers, mais vers un but commun
Accomplissent, unis, la grande destinée,
Règle pour les humains dans les cieux burinée
Par celui qui peut tout, qui fait tout, qui n'est qu'un.

Quel fruit recueillons-nous, infirmes que nous sommes,
Quel fruit recueillons-nous d'un spectacle si beau ?

MARSEILLAISE DES TRAVAILLEURS.

L'ombre s'enfuit, le jour commence ;
Fils de la terre, éveillons-nous !
Enfin la vérité s'avance ,
Le soleil va luire pour tous. *(bis)*
Dissipant une nuit profonde,
A ses feux naît la liberté ;
Le globe atteint sa puberté ;
Place au peuple qui le féconde !
Sublimes travailleurs, géants victorieux,
Allons *(bis)*, parons la terre et conquérons les cieux !

Parqués en villes, en provinces,
En royaumes, en continents,
Nous étions le bétail des princes,
De Dieu nous serons les enfants ;
Et le bonheur, ce but suprême,
Réchauffera l'humanité,
Quand la loi de fraternité
Aura dissipé l'anathème.
Sublimes travailleurs, géants victorieux,
Allons, parons la terre et conquérons les cieux !

A l'œuvre ! allons ! dans les campagnes
Réparons le mal des Titans ;
Ils amoncelaient les montagnes ,
Courons éteindre les volcans !
Sous nos efforts que tout prospère,
Dirigeons la force du vent,
Guidons le fleuve indépendant
Dans le désert qu'il désaltère.
Sublimes travailleurs, géants victorieux,
Allons, parons la terre et conquérons les cieux !

Volons du facile au sublime,
Prenons la bêche ou les pinceaux,
Manions la harpe ou la lime :
Le plaisir vaincra le repos.
Sage décret ! loi mémorable !
Le Tout-Puissant bénit les lieux,
Où la science rend pieux,
Où le travail rend honorable.
Sublimes travailleurs, géants victorieux,
Allons, parons la terre et conquérons les cieux !

Qu'aux élans d'un sacré délire
Surgissent du sein corrupteur
Les soldats du céleste empire,
Le génie édificateur !...
Et dans mille palais splendides,
Temples consacrés aux travaux,
Les enfants auront leurs berceaux,
Les infirmes leurs invalides !
Sublimes travailleurs, géants victorieux,
Allons, parons la terre et conquérons les cieux !

LE CHANT DU PEUPLE.

AIR du *Chant des travailleurs,* par Pierre DUPONT.

Sur ce monde d'iniquité
Sans foi, sans loi, sans espérance,
Le soleil de la vérité
Se lève, illumine la France,
Artisans, soldats, laboureurs,
Les valets, les serfs, les esclaves,
De leurs éternels oppresseurs,
Brisent les dernières entraves.

Refrain :
Non, Dieu n'a point d'enfants bâtards,
La nature, mère féconde,
Offre sa mamelle à la ronde.
Que chacun ait sa part ;
Le soleil luit pour tout le monde.

Fougueux desservants du veau d'or,
Surexcités par vos scandales,
Vous espériez longtemps encor,
Solenniser vos saturnales,
Alors que l'hydre de la faim
Pousse d'innombrables cohortes,
Que Tantale exige son pain,
Que Briarée est à vos portes.
Non, Dieu n'a pas d'enfants bâtards, etc.

Fortifiés donc vos palais
Au sein d'une incessante orgie,
Vous voulez exploiter en paix,
L'homme tombant en léthargie !
Excités par chaque tyran,
Suivis d'un clergé mercenaire ;
Pensiez-vous braver l'ouragan
De la justice populaire ?
Non, Dieu n'a pas d'enfants bâtards, etc.

Au travers d'oripeaux usés,
Perce la fourbe et l'ignorance ;
Tous ces marchands seront chassés.
Le peuple entrevoit la science ;
Il va promener son scalpel
Sur le cadavre catholique.
La foi va descendre du ciel,
Les papes vont plier boutique.
Non, Dieu n'a pas d'enfants bâtards, etc.

Qu'à l'aspect de tant de douleur,
La charité touche votre âme ;

C'est la volonté du Seigneur
Que notre bouche ici proclame.
Nos droits sont inscrits dans les cieux,
Ils sont gravés dans la nature.
Ouvrez, ouvrez enfin les yeux,
Le peuple souffre et Dieu murmure.
Non, Dieu n'a point d'enfants bâtards, etc.

LE RÉVEIL DES TRAVAILLEURS.

Air : *La victoire en chantant,* etc.

Le triomphe n'est beau qu'autant qu'il est utile.
Alerte, soyons vigilants.
Conquérants glorieux d'un droit indélébile,
Disputé pendant six mille ans,
Si la fourbe, si le délire,
Osaient rallumer le brandon,
Courons, s'il le faut, au martyre,
Armés du fer et du pardon.

Refrain :
La fraternité qui nous guide,
Nous ouvre l'ère du bonheur.
Honte, honte au liberticide !
Anathème au profanateur !

Assez, assez d'horreurs, assez de turpitude !
Assez de basses trahisons ;
Philistin égaré dans ta décrépitude
Vois ces innombrables Samsons.
Au temple que Dieu nous destine,
Hâte-toi de nous recueillir,
Ou dans une immense ruine
Ce temple va t'ensevelir.
La fraternité qui nous guide, etc.

A l'aspect douloureux de nos cuisantes peines,
 Quand vit-on s'assombrir vos jours,
Au tableau palpitant des misères humaines
  Vous restez aveugles et sourds ;
  Une perversité profonde,
  Pousse vos instincts déchaînés,
  Le veau d'or est le Dieu du monde,
  Le Dieu du monde où vous régnez !
  La fraternité qui nous guide, etc.

Nous, pauvres parias d'un monde frénétique,
 Restons unis, serrons nos rangs.
Qu'au mot de liberté, qu'au cri de république
  Disparaissent tous les tyrans ;
  Les peuples, en ce jour suprême,
  Attendent leur félicité.
  La France attend son diadème,
  Et le globe son unité !
  La fraternité qui nous guide, etc.

LE CHANT DES DÉSHÉRITÉS.

Air des *Trois couleurs*.

Le genre humain, éternelle victime
De faux pasteurs, et de chefs assassins,
A découvert la source légitime
D'où vont jaillir ses immenses destins.
Amendez-vous, promoteurs de misère ;
De ses enfants, Dieu s'est ressouvenu.
Son doigt nous montre un horizon prospère :
Déshérités, notre jour est venu.

Barrez ses pas, potentats en démence,
Enchaînez-nous, au nom du droit divin ;

Récrépissez votre *sainte alliance*
Pour restaurer le sceptre de Caïn.
        Amendez-vous, etc.

Vaines fureurs... la SAINTE multitude
Au cœur puissant, au bras déterminé,
Du premier choc [1] brise sa servitude,
D'un bond s'élance au but prédestiné.
        Amendez-vous, etc.

La vérité ressaisit son domaine :
Le globe entier encense ses autels,
Et la science, étoile souveraine,
De ses rayons inonde les mortels.
        Amendez-vous, etc.

Pour recueillir le prix de ta constance,
Pour signaler du monde le réveil,
Pour féconder la NOUVELLE ALLIANCE,
Génie humain, prends ta place au soleil.

Amendez-vous, promoteurs de misère ;
De ses enfants, Dieu s'est ressouvenu.
Son doigt nous montre un horizon prospère :
Déshérités, notre jour est venu.

HYMNE AUX TRAVAILLEURS.

AIR des *Girondins*.

Peuples, peuples, prêtez l'oreille,
La grande voix a retenti :
Enfin la France se réveille,
L'esclavage est anéanti.
        Proclamer l'harmonie,
C'est l'œuvre de nos temps, le devoir du génie.

(1) Choc du suffrage universel, l'ère des luttes brutales étant close.

Sombres jours de la barbarie,
Disparaissez, jours odieux,
Il n'est qu'une seule patrie
Sous la loi qui régit les cieux.
   Proclamer, etc.

Autans, suspendez vos orages,
Tyrans, enfouissez vos fers,
Volcans, arrêtez vos ravages :
Il est fête dans l'univers.
   Proclamer, etc.

Quel transport anime le zèle
De tous ces bataillons poudreux?
La vierge pudique se mêle
Dans les rangs de ces nouveaux preux.
   Proclamer, etc.

Du travail le signe harmonique
Brille au loin sur tous les drapeaux.
Salut, phalange pacifique !
Salut, famille de héros ! ! !
   Proclamer, etc.

Allez et rabaissez l'audace
Des fières filles des Titans ;
Des déserts effacez la trace ;
Enchaînez le cours des torrents.
   Proclamer, etc.

Les fleuves indomptés fléchissent
Sous votre joug, grands paladins ;
Dieu sourit, les cieux applaudissent :
L'homme gouverne ses destins.
   Proclamer, etc.

Jeux sanglants, fureurs politiques,
Assez de pleurs et de débris !
Surgissez, palais magnifiques,
Pour les peuples endoloris ! ! !
   Proclamer, etc.

A L'ARTISTE.

Il faut à l'homme une croyance ;
Aux autels, il faut de l'encens ;
Aux pauvres une providence ;
Aux oiseaux, il faut le printemps ;
Au faible, un appui tutélaire ;
Aux amants, il faut le mystère ;
A l'apôtre, de saints travaux ;
Au vaillant, il faut des conquêtes ;
A la jeune fille, des fêtes ;
A l'artiste, il faut des héros !

Artiste ! qu'un volcan enflamme,
Penché vers l'immortalité,
Tu voudrais des feux de ton âme
Illuminer l'humanité ;
Vains efforts ! une ombre intestine
Inonde ta noble poitrine
D'erreur, de doute, de poison,
Et mille fantômes funèbres,
Viennent épaissir les ténèbres,
Qui règnent sur ton horizon :

Marche à ta grande destinée
Fils du ciel, captif du démon ;
Qu'enfin ton âme aiguillonnée
S'élance du noir tourbillon !
Quitte le culte des comètes,
Fuis le royaume des tempêtes,
Où tout s'éclipse ou se salit.
Fuis le chaos qui t'environne.
Dieu te prépare une couronne
Où déjà ton nom resplendit.

Alors l'étincelle électrique
Dont l'esprit saint est le foyer,

Brûlera ton âme artistique
Et saura tout vivifier !
Alors tout renaît, tout s'épure,
L'éclat terni de la sculpture
Surgit plus grand, plus radieux !
Et l'humanité, d'âge en âge,
Environne de son hommage
L'initiateur glorieux.

Que ton ciseau vainqueur rappelle
L'audace de Pygmalion !
Qu'un miracle se renouvelle,
Que le marbre chante un grand NOM !
Et les reins couverts d'un cilice,
Dans le temple de la justice,
Abjurant son impiété,
Le genre humain, ce grand coupable,
Viendra faire amende honorable
Sur l'autel de la vérité.

Un Christ gît obscur dans la tombe !
Prends le burin, prends le marteau !
Aux yeux d'un siècle qui succombe,
Frappe la pierre du caveau !
Réhabilite la victime !
Ressuscite ce front sublime,
Réflète l'image des cieux :
Les mortels ravis d'allégresse
Viendront contempler la prouesse,
De ton génie audacieux.

Alors, l'homme aura la croyance
Les autels auront de l'encens !
Les pauvres, une providence ;
Les oiseaux, l'éternel printemps !
Le faible, un appui tutélaire !
Les amants auront le mystère ;
L'apôtre aura fait ses travaux ;

Le vaillant aura des conquêtes ;
La jeune fille aura des fêtes ;
Et l'artiste aura des héros.

PRIER !

Que me font ces vallons, ces bois et ces fontaines,
Ce splendide tableau, sous mes yeux déroulé,
Ces jardins somptueux, ces jaunissantes plaines ;
Que me font les transports dont mon cœur est troublé ;
Que me fait, de la nuit, le magique silence ;
Que me fait le soleil aux rayons généreux ;
Que me fait la beauté, que me fait la science,
Que me fait tout cela, si l'homme est malheureux.

Dieu cependant est bon, sa sagesse infinie
Déborde à tout instant dans la création :
L'insecte a son essor, le ciel son harmonie,
L'animal a l'instinct, l'astre l'attraction,
Et l'homme. — Horreur ! horreur ! sans haine, sans colère,
Plus cruel qu'un lion, de fureur étouffant,
Au combat, sans motif, il va tuer son frère,
Et stupide assassin, s'en revient triomphant.

Au parvis du saint lieu, sacrilége démence,
Il va d'un Dieu de paix célébrer le secours,
Et vil profanateur d'une sainte croyance,
Des docteurs éhontés lui vendent leur concours.
Le temple est un repaire où règne l'imposture,
Où l'on corrompt la loi qui doit vivifier.
Où le soldat inepte, où le prêtre parjure,
Au nom du Rédempteur osent communier !

Mais mon bras courroucé retrouve la lanière
Qui déchira les flancs du lévite orgueilleux.

Je m'avance, et Jésus excitant ma colère,
J'expulse des autels des marchands scandaleux.
Satellite avancé de la phalange sainte,
Dans le camp de l'erreur, je plante mon drapeau ;
La vérité sourit, plus d'enfer, plus de crainte,
La justice du ciel détrône le bourreau !

Homme lève ton front courbé dans la poussière,
Redresse tes genoux sur la dalle ployés,
Mesure du regard le but de ta carrière,
Pilote audacieux, brave les préjugés,
Sillonne à l'infini le champ de l'espérance,
Change en brûlant amour ta froide charité,
Que ta foi ne soit plus fille de l'ignorance,
La voix de l'Esprit saint a crié : liberté !

Tant que l'humanité fut aveugle, incapable ;
Tant qu'un voile d'airain cacha son avenir ;
Tant que dans ses excès elle fut indomptable,
Des lisières de fer durent la contenir.
Mais lorsque le travail eut produit la richesse,
Mais lorsque le savoir eut éclairé les cœurs,
  L'homme fut-il absous ? — Accroupis dans l'ivresse,
Les oppresseurs encore exploitent ses sueurs !

Heureux si le lévite aux mystiques paroles,
N'avait pas, au veau d'or, prodiguant son encens,
Pour ronger quelques os à l'autel des idoles,
Prostitué ses dieux à d'infâmes tyrans.
Qu'importe à ces larrons que sous le fatalisme,
Les peuples abrutis succombent outragés.
Qu'importe à ces bourreaux, fauteurs du fanatisme,
De voir les peuples nus, les états ravagés !

C'est ainsi que, séduit par de vains simulacres,
Le genre humain se courbe aux pieds des imposteurs.
Alors mille pays promulguent mille oracles,
Et le sang des troupeaux engraisse les pasteurs.
Quand le Seigneur dit marche, un prêtre nous dit prie ;

Pursuivi par le fort, par le fourbe égaré,
C'est en vain qu'en mourant le fils de Dieu nous crie :
« Peuples ! relevez-vous ; cherchez, vous trouverez. »

Prier ! écoutez-moi, Dieu parle par ma bouche.
Prier, c'est féconder un stérile terrain,
C'est brunir au soleil en desséchant la couche
D'un marais empesté qu'on transforme en jardin.
Prier, c'est reboiser la montagne infertile,
C'est dresser la barrière au fleuve destructeur,
C'est creuser un égoût, assainir une ville,
C'est ouvrir l'atelier au pauvre travailleur.

Prier, c'est découvrir de sublimes mystères,
C'est mesurer l'espace et peser le soleil ;
Prier, c'est éviter les erreurs de nos pères,
C'est aimer la justice et hâter son réveil ;
Prier, c'est regarder en face l'imposture,
C'est démasquer le fourbe, étouffer les forfaits ;
Prier, c'est écouter la voix de la nature,
C'est dévoiler ses lois, proclamer ses bienfaits.

Et pourquoi, répondez ! pourquoi la providence,
Nous a-t-elle dotés de bras laborieux ?
Dans quel but avons-nous reçu l'intelligence,
Un esprit indomptable, un front audacieux ?
Afin que le travail produisit la richesse,
Afin que le plaisir paya le travailleur,
Afin que la raison enfanta la sagesse,
Et que la liberté nous guidât au bonheur !

LE JUGEMENT.

Un arôme éthéré s'empare de mon être :
Quel horizon splendide au loin vois-je apparaître ?

Dans un monde nouveau je me sens transporté :
Salut ; reine des cieux ! auguste vérité !
D'épines et de fleurs tu couronnes ma tête,
Il suffit : j'ai tout vu, je cours tout publier ;
Et dans un saint transport, j'embouche la trompette
De l'ange qui préside au jugement dernier.

Augures ténébreux d'un faux libéralisme,
Implacables fauteurs d'un nouveau fanatisme,
Insensés ! pouvez-vous contempler sans rougir,
Ces peuples affamés que vous faites rugir ?
Du combat qui grandit le péril me réclame,
Pour confondre à jamais vos codes dissolvants,
Un seul cri sortira des échos de mon âme :
Guerre, guerre aux rhéteurs ! meurent les faux savants !

D'une loi subversive audacieux oracles !
Ma voix fera crouler cent mille tabernacles,
D'où sort l'arcane impur qui corrompt nos destins
Où cent mille faux dieux exploitent les humains.
Quand mon œil eut plongé dans la science inique
Qui perdit nos parents, qui poursuit nos neveux ;
Je baissai consterné mon front mélancolique,
Et des larmes de sang jaillirent de mes yeux...

Terre !... de tes enfants victime infortunée,
Du groupe sidéral, Lépreuse abandonnée,
Ton cœur fut assailli de terribles revers ;
Ton printemps recéla tous les maux des enfers ;
Océan sablonneux, érésypèle immense,
Calcaires calcinés, douloureux ossements,
Volcaniques virus, dites-nous sa souffrance
Lacs pestilentiels, dites-nous ses tourments !

Racontez ses douleurs, tempêtes dévorantes !
Tonnerres indomptés, montagnes chancelantes,
Nuages qui couvez des orages sans fin !
Ecueils qui de l'abîme assouvissez la faim ;
Serpents, requins, vautours, tigres et crocodiles,

Compagnons du péché, pourvoyeurs de la mort,
Racontez, racontez ces étreintes fébriles,
Son sort désespéré qui devint notre sort...

L'homme hérite du fruit que l'homme fit éclore ;
Il a renié Dieu, l'Eden se décolore !
Le malheur fait surgir le doute originel,
Le spectre de Caïn guide chaque mortel ;
Du chaos de l'esprit naît le chaos du monde.
Que d'horreurs ! qui saura jamais les retracer ?
Qui dira les forfaits de cette nuit immonde,
Que six mille ans d'efforts ne pourront effacer.

Le *moi* fatal succède au nous humanitaire !
Le jardin du bonheur est un vaste osuaire,
Où règne le tyran sur un sol dénudé ;
Où l'homme exploite l'homme esclave dégradé ;
A des dieux infernaux là tout se prostitue :
Le prêtre au fanatisme érige un monument :
Le simplisme grandit, le mal se constitue,
Et la duplicité naît du morcellement.

Alors, de siècle en siècle, un effroyable drame
Se déroule, grandit, et vient briser dans l'âme
Le frein que la *raison* exhuma du *devoir*
Trop fragile lien d'un fragile savoir.
Mais l'homme en sa sagesse a mis sa confiance
Dans son funèbre orgueil, sans guide, sans moteur,
Pour étayer un code issu de sa démence
Il veut le premier rang qu'il conteste au Seigneur.

Voyez le juste prix d'un orgueil déicide !
Des piéges du démon implacable séide,
Reflet désordonné d'un règne subversif
Il tourne contre lui son génie inventif.
Tantôt du crocodile il revêt la nature,
Tantôt, requin vorace, on le voit accourir,
Là Tigre, ici serpent à la perfide allure,
Partout de chair humaine on l'a vu se nourrir.

Le règne des enfers n'est plus un vain mystère.
Sous l'aspect de Moloch, sous les traits de Mégère,
L'homme, archange déchu sans mesure et sans frein
Court d'un monde à rebours accomplir le destin ;
Les éléments saisis d'un vertige funeste
Dans mille lieux divers font mille irruptions,
Et le triple virus et la quadruple peste
Vont sans fin décimant les générations.

Savants ! comparaissez, voici l'heure suprême :
Solons dévergondés, entendez l'anathême
Que les âges divers en ces sombres moments
Fulminent au tableau de vos déportements :
Amants du faux progrès, époux d'une chimère,
Quel bien nous ont produit vos palabres sans fin !
Savant présomptueux, qu'as-tu fait de ton frère ?
Des peuples qu'as-tu fait, insidieux Caïn ?

Eunuques libertins, prophètes sans haleine,
Courtisans surannés d'une vieille syrène !
Au siècle décrépit allez faire la cour :
De votre orviétan parlez-nous tour à tour.
Saturez l'ouvrier de creuse politique,
Excitez le soldat à *cueillir le laurier*,
Prônez au laboureur votre métaphysique,
Effrontés charlatans, barbouilleurs de papier.

Quittez le rôle abject d'un talent mercenaire,
Si vous aimez le peuple effacez la misère,
Voyez, toujours, partout ses malheurs vont croissant :
Reconnaissez l'erreur d'un savoir impuissant !
Oh ! songez au destin des plus vastes génies.
A la mort de Socrate, aux douleurs de Colomb,
A Jésus, à Fourrier jetés aux gémonies,
Aux maux de Galilée, aux malheurs de Fulton !

Alerte, explorateurs ! le nombre, la série
Ont enfin révélé la sainte théorie ;
Ce que l'homme perdit, il le peut conquérir :

Quand l'esprit est blessé, le cœur doit le guérir !
Solidaires enfants de la mère commune,
A sa vie, à sa mort notre sort est uni,
Nos biens font son bonheur, ses maux notre infortune,
C'est l'éternel décret qui régit l'infini.

Le globe triomphant va sortir de sa fange,
Et ses fils radieux, tous groupés en phalange,
Aux voix de la nature unissant leurs accords,
Dans un vaste concert béniront nos efforts ?
Levons-nous ! proclamons les phases fortunées !
Allons ! ceignons nos reins, Dieu nous voit, nous entend !
Dieux forts à notre tour, guidons nos destinées,
La terre est palpitante et l'univers attend !...

Le présent volume se composera de trois ou quatre livraisons.

Prix de la livraison : 60 centimes.

EN VENTE CHEZ LES PRINCIPAUX LIBRAIRES.

TABLE DES MATIÈRES DE LA 2me LIVRAISON.

POÉSIES.

1re série.

Résurrection du Monde. — Le Départ. — Le Soldat de l'avenir. — Anathème. — Aux Idolâtres. — Aux Journalistes encroûtés. — Aux Académiciens fossiles.

2me série.

Résolution. — La Charité. — L'Amour divin. — Le Sceptre de la Foi. — Au Ministre. — Aux Puissants de l'Epoque. — L'Anniversaire. — Si j'étais Reine. — Le Fou social.

3me série.

Les Tribulations du Juste. — Au Soutien de la Foi. — La Chute d'Holopherne. — Les Faux Prophètes. — Le Drapeau de la Vérité. — Au Poète sceptique. — Au Prêtre demi-croyant. — Etc. etc. etc.